骑士的献祭

The Knight's Sacrifice

那　多　作　品

上海文艺出版社
Shanghai Literature & Art Publishing House

五年前，我偶然知道了一宗案子。它一直跟随着我，像一颗嵌进骨缝的子弹，时常隐隐作痛。

我没有办法了，只能把它写出来。

摆脱它了吗？我不知道，也不想知道。

它现在就在你面前，轮到你了……

1.

第五个。

金丝眼镜，鬓角非常长，左边鼻翼有痣。

恨。恨。

四十岁左右，手腕汗毛很重。

死。

广东人，澳门葡京赌场待过几年，发牌的。

不应该这样。

结束。

小本子写了约一半，这是第七或第八页。字迹角铁般生硬，围着横线格上下起伏，仿佛一道道有棱角的波浪。

拿着本子的手骨节凸出，烙了油墨的指腹和指掌关节有几道细细割痕。一双饱满如黑潭，蕴藏了深邃情感的眼睛慢慢阖起。

并不需要亲眼看见。

每一页每一个字，早已刻在心头。

手指抚在纸上，增生的角质与字痕相触。他感受着背后狂烈疯暴的意念，那是可以焚尽一切的火焰。

他让自己在地狱之火中煅烧了一会儿，睁开眼睛。

眼前是贴着廉价墙纸的四壁，窗户开在西墙上，天光被发黄的塑料帘挡了大半，勉强照亮空荡荡的房间。房里没有家具，除了他坐着的床——没有被褥，没有床单，没有床垫，只是一张搭了床板的破架子床。

他把本子合上，收进外套的内袋，把眼镜摘下，也放进袋里。他站起来走到窗边，把窗帘完全拉上，开始脱衣服——所有的衣服，包括袜子和内裤，赤条条什么都不剩。他把脱下来的衣袜小心叠好，动作慢得好似在进行一场仪式，最终，把它们和鞋一起放在床板上。

然后，他蹲下来，从床底拖出尸体。

一具睁着眼死的女人。

男人弓着背挨在尸体旁，肋骨嶙峋。穿着衣服时他有股子永远不会倒下的精悍气，赤身裸体时消散不见。一具舒展的衣冠齐整的死者，一个佝偻蜷曲的赤裸的生者，如果上天的目光垂注这间陋室，看见男人低伏沉默的后颅，和交错露出的半张女人脸庞，在这一瞬间的肃穆构图里，会生出两人皆是受难者的感觉吧。

男人把手掌盖在了女人的脸上，挡住双眼，压住鼻梁，封住口唇。他感受着手中寂寂的五官，蓦地过电一样，张大嘴喘得嗬嗬作响。他背脊高低起伏，一声一声吐出呜呜如狼的嚎叫，许久都不能停歇。直到他猛然一掀，把女人翻转过去，这才渐渐平复。他从床边的编织袋里取出工具，把女人碍事的衣服剪开脱下，仅余内衣。她没戴胸罩，所谓内衣，也只是剩条内裤而已。然后他抓住女人脚踝，脸朝下拖进厕所——那儿早被重重叠叠的一次性桌布铺满。

他在浴缸里开始分尸。

如果女人的灵魂还在床畔徘徊，她会听见，厕所里有一张正在吱吱嘎嘎摆动的旧摇椅。

声音突然中断，男人洗了手急步走出来。他从床板上的裤子口袋里摸出一只外壳磨损的灰黑色手机，咳嗽一声，拨了个号码。

"小诺啊，"他在电话这头露出一个笑容，"你和奶奶说，爸爸晚上不回来吃饭了。"

挂完电话，他发现手机沾了血，那是脸上的，除了双手，他光着的身子溅足了血。他用女人的碎衣服把手机擦干净，返回厕所。

摇椅再度摆动。

2.

上午九点，老头驼着背，小急步子沿着河岸走。前几年附近工业污染源陆续停了，生活污染还在，河面宽不过七八米，水色浊黄，腥气四溢，居民绕行。

老头停在一株槐树旁，四下端详片刻，伸头往水里看。他解下背上的钓竿，把没饵的钩子抛进河里，东一划西一摆，起个空竿又再放下去，像个心思不定的顽童。如是者几次，老头把钓竿扔在一边，寻了杆粗壮枯枝探进水里，来回划动。

划一会儿，往前挪几步，又划一会儿，再挪几步。十多步后，他直起腰，摇摇摆摆回到原处，叹了口气，把树枝一扔，跳进河里。

老头的脑袋在浊水里像个烂冬瓜，晃动了几下，便消失不见。水面搅起了几个小漩涡，脑袋又浮出来，头发一缕一缕粘在头皮上，泛着油光。他大口喘气，鼻子嘴巴喷着臭沫星子，转眼又没进水里。如此浮浮沉沉几次，他终于双脚落定在河底烂泥上，肩膀露出水面，寻找合适的坡度往岸上爬。

老头打着滑蹭上来大半个身子，塌着肩膀的那只手在水里发力一拽，踉跄着差点栽回去。他索性一屁股坐倒，双手拔两脚蹬，总算一点点从水里拖出一个黑色塑料袋。

老头喘着粗气，用鱼钩把袋子划开，往里瞧了一眼，别过脸歇几口气，把口子撕大，又瞧一眼。

然后他从岸上的随身布袋里翻出手机，拨了110。

我钓鱼的时候摔河里了。

他惊慌失措地向警察报告。

我从水里捞出个东西。我觉得很不对劲。

很沉一个黑袋袋，里面有块石头，还有一块肉。很大一块肉。

不不，警察同志，您听我说，那块肉上穿了裤子的。

穿着内裤。

所以我觉得，那是个胯。

3.

男人每天要骑十几公里自行车，在中午或者傍晚，偶尔深夜。他遵循一条半固定的线路，拜访诸多秘境。秘境是固定的，但每一次到达的顺序，是直抵中心还是浅啜即止，都由他自由选择。

他于中午十二点二十三分到达五号秘境，照例没有过分深入，隔着十几米缓缓骑过。他还没吃午饭，如果可能，每次巡游他都保持空腹。相对其他秘境的僻静，五号总是“热闹”一些，因为它是一间公共厕所。男人对它背后的巨大化粪池印象深刻，并且总是不可避免地想起“肥沃”的细节，那样的规模，应该不仅仅由前面的男女厕提供。

男人离开五号秘境，三分钟后，他将到达三号。今天的巡游路线是一个 8 字，三号正处于两个圆的交汇点。

他把车骑得摇摇摆摆，像个闲汉，这样左右张望时就显得符合身份。临近三号时他觉得不对劲，太多本不属于三号的东西，让今天的三号比五号热闹了一百倍。

他微微摇头。然而，从某种程度上说，巡游不就是为了见证这一刻吗？

男人翻身下车，开始推行。第一辆，第二辆，第三辆，他把自行车停在第四辆警车旁边，挤进围观人群。

警方以那株槐树为中心拦了一圈封锁线，不光这边，连对岸甚至河里面都有警察。一些水底的淤泥和杂物被捞上来，装进箱子，也有警察在搜集岸上的泥土、小石块、落叶，还有警察在拍照。

无需刻意打听，围观者里多的是好事碎嘴，在人群中站了一阵，他便把事情听了个七八成。

来钓鱼的老头滑进河里，大难不死却捞出一个装了碎尸的垃圾袋。有个人被剁成了肉碎，血淋淋的脑袋发酵面团一样肿成两个那么大，听说尸体还没找全，警察正在沿河搜索。老头吓进了医院，也有说他被带去了警局笔录。

尽胡扯，男人想，人头明明在七号。

他想听听警方有哪些线索，调查方向是什么，却发现警察们并不多话，即便交流，声音也不会大到让旁人听见。倒是有个头发半白的老警察在向围观者了解情况，比如住在附近吗，常来这里吗，见过可疑人物吗。

不能再待下去了，男人想，他可不要被问到。

他侧过身，慢慢往外退，挤得太里面了，要想不动声色地出去，得花点儿时间。

退意一起，他的目光也游移起来，不再盯着警察看，免得引起注意。这真是尴尬的几秒钟，他觉得，不能转身，不能看天不能看地，得保持一个围观者正常的好奇。事情往往就是这样，他被老警察看着了。

肯定是哪个动作出了岔子，老警察原本在和一个胖女人说话，现在头一偏，似瞥似看，轻轻易易便将他拿住了。

他的血流僵滞不动，好似有个塞子把心脏卡住。此刻应该做什么表情，做什么反应？他向老警察笑了笑，又退了一步，前面人的身影把彼此的视线隔断。退出人群的时候，他的血液加倍涌回来，在耳朵里轰然炸响。警察到底看见他那个僵硬的笑了吗，一个愚蠢而傲慢的表情。如果自己是警察，在碎尸发现的地方，看见一个这样的笑容，会怎么想？

他在人群外小站了会儿，老警察没有跟出来，也许那只是偶然的一眼。这是个兆头，说不上好坏，只是提醒他，得开始了。秘境总会迎来这一天，但比他以为的时间要早许多。

时钟开始摆动了，他想，必须完成计划。自己得调整到最佳状态，才能在这炼狱的烈焰中走通那条狭窄小径，辟出净土。

刚才那个笑容的愚蠢，绝对不会再发生。

男人跨上自行车，摇摇摆摆地骑开了。

4.

老警察踩着椅子，把“会议室”牌子换成了“613”。

今天是六月十四号，昨天发现了头两个尸袋，今早听说又发现了一个，虽然法医结果还没出来，但大家都觉得装在这三个袋子里的是同一个人。不出意外的话，这两天还会再来几个袋子。

从今天起，市局刑警大队三楼的这间会议室，就变成“六一三”碎尸案的专案室了，二十分钟后开第一个会。

老警察把案情图片用磁铁一张一张钉在白板上。干完这些，专案室已经陆陆续续进了几个人。老警察在角落的位子坐下，法医老王走过来，拍拍他肩膀。

“老冯，怎么是你来干这些活，市队那些小王八蛋呢？”

老冯笑笑。

老冯的年纪比看起来年轻一些，差一岁五十，在基层派出所干了二十多年刑警。业务能力算很扎实了，但这辈子没立过一次功，和他同年进局的，如果还在刑侦口，不是在区队就是在市队，还有当了区队长的。也说不上是他运气特别差，更不是被谁压制，性格使然。

同事说他做事有条理，一步一个坑，太本分了。老冯明白这是客气话。

人的行为，要么出于理性需求，要么出于感性需求，老冯可以很好地理解前者，但对于后者，总像隔靴搔痒，把握不到细微处。十七岁，同桌失恋崩溃，揪着他痛陈心绪，老冯给不出像样的安慰，同桌扭成麻花的心尖尖让他深感离奇，并且第一次对某些事情狐疑起来。二十一岁，老冯在父亲的告别仪式上黯然肃立，回想音容，感受胸中罕见起伏的波澜，母亲和哥哥姐姐已经哭得撕心裂肺，其他亲友的哀色也远胜于他，老冯终于确认，自己和绝大多数人不同。

老冯从没为此看过医生，他猜测自己属于某种先天性的情感缺失，准确地说应该算情感削弱，就和有些人痛感缺失一样。同样的情感刺激，他只能感受到正常人的两三分。老冯从来没有痛快淋漓地大笑或大哭过，相逢的欢喜和别离的愁苦总是淡淡的。三十一岁时因为母亲的要求结婚，四十一岁时因为妻子出轨而离婚，一进一出，于他只是同一句话：哦，那就这么办吧。

人间以情感上色，所以老冯始终雾里看花。有时候他会想，自己本该因为这种不同而深感自卑的吧，然而自卑也是一种情感。年纪渐长，他开始学会在适当的时候露出笑容，假装生气或难过，只是拿不准像了几分。

老冯总是按部就班地做事，分析起各类数据也颇有条理，听起来很合适破案工作，其实不然。刑案，尤其重大恶性案件，往往是因为情感冲动，哪怕是蓄谋杀人或者看似冷静的连环杀人，凶手的变态心理也是作案动机中不可缺失的一环。办案人员如果不理解动机，光靠不充分的作案痕迹，很难抓到犯人。此外，面对通常乱作一团的线索，灵感也是很重要的，可以指引办案方向，灵感源自侦查员的联想力，对缺乏情感感知的老冯来说，联想是奢侈品。

不过，对于其他刑警来说，有老冯在组里是很舒服的，一切细致枯燥的事都可以扔给他，老冯从不抱怨半句。这些活是破案的基础，会占用大量时间，吃力不讨好，没人高兴干却又少不了。所以，只要是发生在老冯辖区的案子，需要基层派出所配合的，必然是调他上去，好用。

支队长王兴走进来的时候，专案室里已经烟雾缭绕。刑警都是老烟枪，没人能幸免。

哪怕是第一次开会，专案组也没套话。碎尸案有多恶劣多严重，不用说在场的人都知道，所以他直接开始讲案情。发现尸袋的过程乏善可陈，根据其发现地点，当时就制定了周密的搜索计划，发动干警辅警和大量环卫工人寻找可能存在的其他尸袋，目前已见成效。昨天两个袋子，今天又来一个，都是在附近的小河道里发现的，分别装着人的胯部、左腿和头颅。刚刚得到消息，在化粪池里捞上来个垃圾袋，里面有大块的疑似人体，正在送过来，听电话描述，多半是躯干部分。

资深老法医王德坤讲了当下的法医学进展，首先确认了三个黑色垃圾袋里的尸块都属于同一个女性，因为袋子里都渗进了河水，腐烂严重，死亡时间初步预估七周，这两天会出更精确的日期。然后是被害人基本生理特征。

王兴择要点写在大黑板上。

被害人：女性，死亡时间 2006.4.25—5.2，年龄 35—40 岁，身高 165—170CM，体重 55—60KG，B 型血，生育过。

仅此而已。王德坤想了想又补充说，根据胯部尸块的骨盆情况，被害人可能生育过不止一次。

“今天五点前给我准确年龄。头部呢？什么时候能出画像？”王兴问。

“头早上刚送来，面部复原还要再等等。而且吧，这脸被毁得厉害，所以别太指望画像。”

王兴皱起眉头，这个信息他也是才知道。

“脸毁过？死亡前死亡后？”

王德坤摊摊手。

“死亡时间比较长，这个目前难以判断。刚才开会前我还在检查，尸体的喉部软骨有受到严重扼压的痕迹，舌骨骨折。胯和左脚没有明显外伤，就看一会儿送来的躯干部分情况了，要是也没伤，初步可以把死亡原因暂定为机械性窒息，嗯，扼死。”

“掐还是勒？”

“不是勒。”

勒是用绳子，掐的话基本就是徒手了。

王兴在案情黑板上写上死亡原因“扼死”，在后面加了个问号。

“所以如果是掐死的，面部的伤就可能是死后造成的了。同样如果没有凶器，那么激情杀人的可能性就要大过预谋杀人。”王兴说。

他提高了嗓门，说：“杀人，分尸，抛尸，可能的面部毁容。咱们要逮的这个狗崽子，他不但很残忍，还有点儿反侦察能力。从几个抛尸点来看，这家伙对附近是了解的。现在，咱们手里最有价值的线索，是这个！”

王兴走到贴满案情图片的白板前，敲敲其中一张照片。

那是最先发现的胯部特写。

他扫了眼白板上的其他照片，然后走回自己的办案笔电前捣鼓了几下，把一张新照片投影出来。

并不是尸块照片，而是原本穿在尸块上的内裤特写。

这是一条深色内裤，因为浸透血液，分辨不出原本的颜色。

王兴没有马上说话，在场的大多是有经验的老刑侦，自有判断，议论声逐渐响了起来。

老冯也在看这条内裤。虽然不像影视作品里脑袋里装了计算机的神探（如果真能这样，倒也能弥补情感缺失的弱项了），但单纯的观察比对，是他相对擅长的方向。

这是一条松散宽大的平脚内裤，松散不是式样，而应是多次洗涤后面料失去弹性的结果，甚至有一小截松紧带戳出了布料。这内裤也压根儿谈不上式样，或者说式样非常老旧。观察到这里，老冯就意识到了问题，在上海这座大城市里，三四十岁的女性还打扮得非常时髦，如果死者是这个年龄段，为什么会穿一条通常老年女性才会穿的内裤呢？

一条不符合死者年龄的内裤。反常往往意味着突破口。

王兴这时候开了口。

“看出点东西了吧，这条内裤和死者的年龄碰不拢。不过我要说的不是这个，注意看。”

王兴圈了左裤腰的一处，然后翻到下一张局部放大图。

哪怕放大了，照片上的异样也并非一眼可辨。

老冯眯起眼睛，在血污掩盖下，内裤上原本有一些……针眼？

“看见没有，针脚痕迹。”王兴这次没有卖关子，“这条内裤上，曾经缝过图案。”

“商标？还是？”有人问。

王兴拿笔在黑板上画了一排三个圆圈。

“是排成一行的三个图案，具体还在辨认。难度很大，线洗没了，针孔也磨了。不过初步确认一点，这应该是三个字，中文字。”

王兴这话说完，几乎所有人的第一反应都是“人名”。这是直觉，说“几乎”就是排除了老冯，因为对他来说，同时想到了许多与“人名”并列的可能性，比如三个字的商标，或者对个人有意义的三字词语，比如“勿忘我”“赚大钱”等。一件事存在千万种可能，但侦破需要确定一个方向，这就是老冯的问题。

事实上，哪怕遵循绝大多数人的直觉，把这三个图案假定为人名，问题依然很多。这是不是死者的名字，这会不会是凶手的故布疑阵（死者身上留下的唯一衣物竟如此反常）等等，忽略掉这些，单单考虑表层的最大疑问已经足够让侦查员们头痛——有谁会把自己的名字缝在内裤上呢？

线索的离奇程度，往往和重要性正相关。离奇意味着背后必然有一个特殊原因，一旦破解，会极大推动案件进程。所以，王兴才说，这条缝过字的内裤，是目前的最大线索。

基本案情说完，接下来大伙开始讨论。然而可供讨论的东西就这么一点儿，受害人身份不确定，死因还打着问号，尸袋附近的搜查没发现任何有效线索，所以都是围着分尸手法、抛尸地点、面部毁坏和内裤在说事。

目前为止，唯一让侦查员们庆幸的只有一点——三个尸袋里的是同一个人。孤立的激情杀人案件是大伙儿共同的期待，因为从残忍的手段和较为周密的事后处理来说，凶手具备相当的作案能力。

老冯没有发言，王兴也没有点他的名。那么多年下来，老同事有什么优点缺点，彼此心里都有数。

半小时后，王兴收到一条短信，表情变得有点儿兴奋。

他在黑板上三个圆圈的第一个里，填了一个字。

“王”。

“咱们开始的想法多半没错，是个名字。”他说。

“第一个是‘王’字的可能性最大，另外，这几个也不能完全排除。”

他又写了“玉”“士”“干”“马”。

还好，王以外的都是罕见姓氏，老冯想。

“最后一个字，可以确定的是草字头，比如‘芬’。”

王某芬，非常符合三十多岁女性的起名习惯。

“就是中间那个字，”王兴骂了句粗口，“针脚磨得太厉害，破不出来，能说的是笔画应该挺多。”

王兴停了停，拿眼扫了一圈大家，郑重地说：“那么，我就这么定方向了。”

这是重要时刻。案子总是越早越好破，方向如果定错了，空耗警力，再想调头，过了黄金期不说，专案组还能不能存在都不一定。都说要限期破案，背后还有另一层意思，上海一年那么多起恶性案件，警力有限，要是在一起案子上无限投入，那其他的案子不用破了？案子破了，专案组长未必是首功，方向定错了导致案子破不了，大锅肯定是组长的。

方向就定在这条内裤上。现实不是小说，故弄玄虚的可能性其实非常小。这条内裤大概率就是受害人自己的，上面的名字也应该就是被害人的名字。正常情况人不会把名字缝上内裤，那么就去看什么样的情况下人会做这种事。

刚才就这个问题，已经讨论得比较充分了。内裤上缝名字，应是作为辨识用。也就是说，内裤的主人曾经常把裤子和别人的裤子混同起来。

除了统一的洗衣服务，刑警们想不到第二种可能。

某些寄宿学校、养老院、精神病院、某些疗养型医院、极少数的特殊企业。目前想得到的就是这五种。

就这五种，范围先圈在上海，要扑进去的警力也不得了。比如寄宿学校，统一洗衣的想必不会太多，先算二十家吧，考虑到死者年龄，要么是近些年的教员，要么是二十年前的学生，这么多人里，符合这三个字条件的，怕得至少几百人。这几百人现在落在天南海北，要一一去落实生存情况，有电话联系不上的，就得去走访，还会碰到不在上海甚至不在国内的。至于养老院和精神病院，大多数都有统一洗涤，涉及的人数更是远远超过寄宿学校。没辙，现在就这点线索，只有死磕。

王兴把人马分了五组，养老院组和精神病院组人手多些，其他三组少些，撒了出去。

除了老冯。

目前发现尸袋的地点，要么在老冯的辖区，要么临着他的辖区，他都熟，得完成一大堆的走访，虽然没人对这活抱啥指望。王兴让他抓紧，做完了进精神病院组。

散会的时候，王兴又把老冯叫住。

“还有条线你兼一下。”王兴说，“装尸块的垃圾袋。”

这算是和凶手直接相关的物证，也是内裤之外仅有的。只是和不寻常的绣字内裤相比，垃圾袋普通得乏善可陈。普通也意味着指向性弱，所以王兴没抱多大期望，此类不得不做的基础工作，交给老冯最合适。

5.

“主任，今天周六，我就是没有加班。”

“善斌呀，你是印刷机长，连了五年的先进个人，表率作用举足轻重。现在任务重，张总揪我头皮，要不我也不打这个电话费钱了。行，也没啥事儿，就当你听老伙计我抱怨两句。顺便呀，善斌你最近这个午休啊下班啊，怎么说呢，挺准时的。当然也正常，你把握好任务进度调动好大伙儿劲头就行。挂了啊，下礼拜找时间咱走两杯。问怡诺和小立好。”

李善斌把手机揣进兜里，抬眼寻找一对儿女的身影。

周围充斥着孩子们兴奋的尖叫和大笑。这儿是全上海最让孩子向往的天堂，再乖巧的娃，只需放进来十分钟，就会疯得忘了自己叫啥，以至于公共喇叭里隔一会儿就要播一条寻人启事。

李善斌在“激流勇进”的码头上看见了李怡诺，她正把湿了半身的弟弟从船上拉起来，对着爸爸露出甜笑。女儿的个头快赶上他了，长发娇腩裙裾飞扬，拥挤的人群掩不住她的夺目光彩。曾经李善斌担心过她的性格，但现在他想，也许这样的李怡诺，才更能照顾好自己，照顾好四岁的弟弟李立，令他不必过于担心。这是他的骄傲。

李立吵着要再玩一次水，李怡诺说我们去坐木马，李立兴高采烈地答应了。

姐弟走到李善斌身边，李怡诺一手拉着弟弟，一手挎着李善斌的胳膊，说爸爸我们要去骑木马，李善斌说好，爸爸我们一起去骑吧，李善斌说好，今天可以在锦江乐园玩到几点呀，李善斌说想玩到几点就玩到几点，李立欢呼。

在旋转木马前排队的时候，李善斌摸了摸闺女的头，李怡诺偏过头看爸爸，忽然张开手用力抱了抱他。李善斌说你长大了，这么样让人笑话，李怡诺朝他扮鬼脸。

排到的时候，李立一定要一个人骑大白马，李怡诺反要和爸爸一起。李善斌拗不过女儿，笑骂她今天不对劲。

爸爸你才不对劲，李怡诺骑在木马后面，把脑袋搁在李善斌肩膀上说。

我哪里不对劲？

爸爸，你知道下周我就要期末考试了吧。

李善斌呆了呆，然后说，你什么时候担心过考试关心过成绩了？

李怡诺不说话了。

要好好考，李善斌说。

李怡诺轻轻嗯了一声。

李善斌一时之间不知该讲什么好。木马转过两整圈，他才说，小诺啊，一会儿玩的时候你记得把弟弟看好了，我看他玩得太疯。

爸爸，我会守好弟弟的，你放心。李怡诺郑重地说。

就和你一样，爸爸。她补充道。

李善斌听了这句话，一时间整个人都僵住了。小小年纪，这般心思。不过也好。

玩了足有六个多小时，回程转两趟公交一趟地铁，到家已经过了七点。吃过饭，李善斌苦笑着和老太太说，得去厂里加班了，让她看着孙子早点睡觉，然后又嘱咐女儿温课备考，进高中第一次学年大考，别搞得太难看了。

他夹着包走出破屋，走出破楼。炊烟渐散晚灯初放，这么片破落户区里，贫困把人间的温暖修饰得格外丰盛。李善斌跨上自行车，从这一团暖意里摇摇晃晃骑出来，他忽而意识到，这一趟并不是去巡游，无需假扮浪荡闲汉。他的车轮遂稳定下来，面容也随之肃然，卸下所有的人世烟火，像一块在夜色里沉默行进的生铁。

自行车从棚户区里穿出来，进入有路灯的街道。几年前这里还叫城乡结合部，如今一块块地被征掉，房子成片推倒，用不了多久就会盖出新楼，使这儿更符合“上海”的称呼。

十分钟后，李善斌又骑进一条幽暗的荒路，然后在已经废弃的铁道口前下车推行。他沿铁轨走到隧道桥下，把自行车停在桥洞口，往里走去。铁轨边有一条供人行的道，和铁轨一样，已经有十年没用了。

在月光和黑暗交接的隧洞阴影里，有顶彩条布扯起的矮篷。篷没有门，侧面敞着个洞，李善斌取出手电往里照了照，今夜也并无流浪汉在这儿寄居。他推了推眼镜，弯腰钻进去，把手电头朝下挂在篷顶垂下的钩子上。

锅盖大的光圈落在地上，轻轻晃动。几个平方大的篷里光暗分明，李善斌坐在暗处，并不能看清周遭的细节，有一些支撑的砖块和木条，有一些纸板和易拉罐，大致如此。他也无需看清，那些黑暗中或许会有的蛇鼠毒虫，空气里腐败骚臭的异味，甚而冥冥中游荡的孤魂野鬼，所有这些在荒凉的隧洞中拢作一堆，把矮篷和光明世界隔绝。他无法在能联想到日常生活的地方进行下一步的筹划，他得让自己习惯黑暗，而这里正是他需要的恶地，可以将他与一切白日的羁绊切割开。也只有在这里，他才能明白，才能坚定，自己必须向黑暗而行，再不回头。

李善斌静坐了二十分钟，然后才拿出本子，摊在手掌上，移入光圈。

第六个。

豹哥。

三角头，窄眼，像蛇。

胸口文了一头老虎，两只手上也有文身，可能是龙。

字迹开始颤动，李善斌合上本子，把手稳住。这不经意间流露出的情绪让他微微吃惊，想到背后种种，他不可避免地再次陷入巨大的悲哀中。他看着自己伸在光圈里的手，不禁想，这个世界，终究是和此时的窝篷一样，只有这么一小圈的光明，可以始终生活在这圈光明里的人，是多么的幸福呵。

他把本子翻到后半，开始复习涉及他接下来目标的那一部分。

没有详细的住址，但毫无疑问自己能找到他。重要的是言谈举止的记录，以及生活上的细节，这些都可以反映出目标的性格。

当然，最重要的，是记录在上面的罪恶。有的时候，罪恶也可以是一种工具。

李善斌重复看了三遍，然后在新本子上写下行动要点。

并不算是完整的计划，只是一些提醒他自己注意的词语和短句。就算本子遗失，别人也无法从上面推断出他想干什么。

他颠三倒四地写了一整页，然后停下来沉吟片刻，画了一个把所有行动包进去的圈，在圈外写了"时间?"。

李善斌此时考虑的，不是他完成下个目标要多长时间，而是他还剩下多长时间。

警察现在到哪一步了?

如果可能，他还想和儿女多相处一段时间。然而，哪怕这已经是最后的时光，也绝不能妨碍到下一步的计划，绝不能!

李善斌不禁叹了口气，殊难把握啊。

宜早不宜迟。

6.

到六月十五号的时候，碎尸袋已经发现了五个，需要走访的工作量也随之增加。老冯没家要顾，每天走街串巷的时间远超八个小时，至今未发现有效线索。老冯也不觉得失望，他清楚自己的工作就是补漏，把该填的空都填上，让其他人没有后顾之忧地集中火力。万一他这里真有了突破，那是意外之喜，没准就能立个小功。只是这种情况很少见，少见到老冯从未立上可以记录在册的功劳。

晚上九点，老冯返回专案室。把当天的走访笔录归档后，他申请打印了证物垃圾袋的高清大图。正反面各一张，五个尸袋十张图，在拼接的长桌上一字排开。作为比对的，是五卷不同品牌类似规格的垃圾袋，这是他今天跑了两个大超市买到的全部了。这个尺寸的垃圾袋是特大号的，通常用于楼宇大垃圾筒或者街道公共垃圾筒，家里很少用到。

垃圾袋太大，老冯没办法把五个同时展开，只能一个一个地比对。

垃圾袋这条线，通常的搜索路径：第一步先找到生产厂家，第二步通过厂家确认售卖点，第三步走访售卖点锁定嫌疑人。三步里只有第二步是没有难度的，第一步的难度也不算太大——如果垃圾袋上有明显标志的话，走到第三步的时候，那就是大海捞针了。就这个案子来说，锁定不了嫌疑人的外貌特征，等于从海里捞啥都不知道，几乎是无路可走，这也是王兴没有把真正的力量用在这条线索上的原因。

垃圾袋上没有检出指纹。当然，也没人指望能从在河里或化粪池里泡了几周的塑料袋上化验出什么。而垃圾袋的外表看起来普普通通，要走通第一步就不那么容易。

“用得着打十张这么多嘛，肯定是一个牌子同一卷的呗，正反面各打一张就行啦。”说话的是市队赵雷，和老冯一样属鸡，不过小了一轮，这次分在养老院组里。

老冯笑笑说有道理。话是这样讲，但他摆起的龙门阵也没收起来。

赵雷站在旁边看老冯比对。

“尺寸一样吗？”他问。

“80 * 100，凶手用的就是这个规格。”

“那怎么弄，这看上去都没区别啊。不知道手感怎么样，但是也不能随便碰证物袋。”赵雷在旁边出着主意，把老冯买的几个袋子都捻了捻。

“摸上去是都很厚实，这么大的袋子，不做扎实不行。这条路难，王队这是又扔给你个……”赵雷撇撇嘴没说下去。

老冯又笑笑。

“咱们鉴证这块的设备还是不行，要是在 FBI，直接就化验垃圾袋成分了。每家厂子出的产品，应该说这成分都是有微小差异的。老冯我和你说，科技进步对咱们以后的影响一定会很大，从前破案动脑子，再过二三十年我看福尔摩斯这样的神探意义就不大了。拿现在开始布的监控探头来说，等到布全了，清晰度再一上去，犯罪人员还能往哪里逃？什么心理分析身份分析动机分析，直接调监控逮人！到时候看监控这样的死工作，缺的就是老冯你这种心思细坐得定的人。”

“再几年我就退休了，等不到那时候了。”老冯撕下一个垃圾袋，两手提拎着两头，举在面前仔细打量。

“生不逢时，生不逢时。呸呸，老冯我瞎说的啊，你别往心里去。”

老冯把五种垃圾袋一一看过，然后才对赵雷说：“谢谢你咯。”

“谢我啥？”赵雷不明白。

老冯摇摇头。赵雷评价他生不逢时，这评价其实比许多话闷在肚子里的同事高了。

赵雷耸耸肩走开。等他把自己这两天的养老院线索整理完，要收工回家的时候，看见老冯把五个垃圾袋对折再对折，分别放在五张照片下面，歪着脖子眯着眼睛，不知道在琢磨什么。他问老冯有什么发现，老冯没回答，他走出门却在外头走廊上听见屋里传出声音，具体说的啥没听清楚。

六月十七日，王兴在会上拍了桌子。

“这样的进度怎么弄？今天第五天，五个组，哪个组能说出点道道来？照你们的速度，再有十个五天都搞不定！”

这也有点夸张了，有人在下面咕哝。

不过王兴也知道这不是侦查员不卖力，而是人手问题，骂过以后，让各个组多去抓一点实习小警察帮着打电话。

到今天发现了六个尸袋，死者的主要身体部分，除右臂外都找全了。有了初步画像，有了死亡原因，有了更准确的年龄和死亡时间……但都没卵用，真正能用来破案的抓手，还是第一次开会时候的红内裤。只是干警们刚接触到这条特殊线索时的兴奋劲头，经过了这些天几乎看不到止境的枯燥排摸，早就消磨殆尽。就像赵雷所说，侦查员们享受的是用智力破案带来的成就感，这种大海捞针的水磨工夫，只有老冯能甘之如饴。

等王兴一通脾气发完，挥挥手让大家各自去干活的时候，老冯示意说他这里有点进展。

“抛尸点附近有居民报告可疑分子？”王兴问。

“是装尸体的垃圾袋这个方向。我在市面上买了几个常见品牌的垃圾袋比对，结果发现买到的垃圾袋的撕口和装尸垃圾袋的撕口全都不一样。”

赵雷一拳砸在手掌心，想起前天晚上老冯折起垃圾袋和照片比对的模样，说老冯你有一套啊。

王兴让老冯继续往下说。

“我买到的垃圾袋，撕口不是锯齿状，就是虚线状。装尸体的垃圾袋也是虚线状，但它那个虚线不太一样，不是均匀分割的虚线，而是一截长一截短的。昨天我上门拜访了一家本地的垃圾袋厂家，据他们销售部经理说，他知道一家嘉定小厂的垃圾袋是这种撕口。我打算下午去一次。”

“很好，老冯你顺着挖下去，到时候需要的话，我给你配人。”

会后王兴单独叫住老冯。

“刚才你说的那些，写进每日报告里了是吧？”

老冯点头。

王兴干咳了一声，说：“像这种比较重要的进展，以后你报告之外，直接和我讲一声，方便我及时掌握情况。每天报告太多我也不一定看得过来。”

他实在不好意思说自己是因为不看好老冯这条线，没太关注他的进展。

“好的王队。不过再小的厂，每个月也得卖几万卷垃圾袋吧，要想从这条线查出东西，其实比内裤那条线更难。”

王兴拍拍他肩膀，说：“一会儿要是你确认了厂家，接下来走访的工作可以视情况放一放，基本面摸到就行，更多的精力放在垃圾袋上吧。”

当天下午三点半，老冯确认了“六一三”分尸案中，凶手装尸所用的垃圾袋，正是嘉定佳丰塑料制品厂生产的佳丰牌垃圾袋。

这家厂的规模很小，只在上海和周边县市有为数不多的销售点，平均每月销售五千到六千卷特大号 80 * 100 的垃圾袋。老冯拿到了所有终端销售点的名录，共两百七十二家，其中一百九十家位于上海。就厂方来说，这样的销售规模，的确是小得可怜了。

六月十八日周六早上七点，老冯根据名单，照着由近及远的顺序，开始了佳丰牌垃圾袋销售商的走访。第一家是个菜场里的小杂货铺。

王兴没有给他加派任何人手，这在老冯的意料之中。能不能在退休前立个功，那么多年了，老冯第一次动这样的念头。

7.

学期第一天，葛卫听完李怡诺的新生自我介绍，就知道自己摊上了个麻烦。第一周和几个同事一起出去唱歌时，王胖子说你们班有个小姑娘漂亮得像个明星胚子啊，葛卫开玩笑说眼红的话让给你带。现在恐怕转给哪个班，哪个班都要敬谢不敏，李怡诺是上宝四中高中部零五届学生里最麻烦的一个，这已经是公论。

葛卫真心不想找李怡诺谈话，谈了也白谈，但作为班主任，出了这样的事情，不谈又不行。

“知道为什么叫你来吗？”葛卫板着脸问。

李怡诺一进办公室就对着窗外出神，在葛卫不得不开口之前已经放空了好一阵，这时把视线移到班主任身上，慢悠悠变出一个羞羞怯怯的笑容，小意地轻声说：“葛老师。”

葛卫在心里骂了声“我去”。

“欧阳励勤和三班的易锋打架的事你知道了吧，后天期末考，现在两人都进了医院，家长来学校问为什么打架，你让老师怎么说？”

“他们两个自己没说吗？”

“他们有脸说？”葛卫反问。

李怡诺向后微微一缩，仿佛柔弱不堪地受到了惊吓。

四中水浅，你不去戏剧学院可惜了，葛卫忍着没把这句话说出来。其实他知道李怡诺真想演不会这样子，她是肆无忌惮。

葛卫板着脸说了一套话，什么考大学有多重要，高中三年要以学业为主，同学之间要处好关系注意好分寸。他没说恋不恋爱的事，对那两个躺在医院里哼哼的男生来说是恋了，对眼前的李怡诺来说压根儿就不是。

李怡诺浅笑着乖乖听训，等葛卫说完了，她仰起脸问："葛老师，需要我做什么吗，我可以去医院探望两位受伤的同学。"

"千万别！"葛卫咬着牙说，"你想让他们再干一架？你到底明不明白我的意思？"

"谢谢葛老师，给您添麻烦咯。"李怡诺深深鞠了一躬，腰弯到最低的时候，才用手把T恤的圆领轻轻掩了一掩。

葛卫心脏通通跳着，挥挥手让李怡诺赶紧走。

这绝对是他当老师十八年来，遇上的顶顶麻烦的学生！

葛卫进修过心理学，知道单亲家庭的女孩会成熟得更早，往往也会更有女人魅力，那是因为她们不得不面临比别人更复杂的处境。可是像李怡诺这样妖孽的，也算绝无仅有了。

他意识到李怡诺刚才其实啥都没答应，不禁苦笑。他忽地兴起了暑假去李怡诺家家访的念头，他想看看李怡诺在家会不会有一副真实的面孔。

等在教学楼外的七八个女生把李怡诺簇拥在当中，问怎么样。

李怡诺长发一甩，说：“没事儿，走啦。”

嘻嘻哈哈走过操场的时候，这个小团体已经变成了十几个人。

校门口，一个抱着篮球的高大男生被伙伴一脚踹在屁股上，踉踉跄跄在李怡诺跟前站定，女生们开始起哄。

男生憋红了脸，但还是支支吾吾说不出一句整话。

以往李怡诺会觉得很有趣，或许会对这头新加入的小斗犬说一句充满光芒的话，比如“你知道我喜欢什么样的男孩吗，一个能成为更好自己的人”，然后将他彻底收归麾下。但是今天，她忽然一阵烦闷。这些每天对着镜子观察嘴上绒毛，轻轻易易就可以作出承诺，准备随时品尝甜美多汁爱情的家伙，如此轻松地生活着，仿佛不用付出任何代价。

李怡诺收回轻蔑怜悯的目光，她的指尖在男孩脸颊上拂过。

“嗨，找个随便什么人干一架吧。”

她像头马一样脱离了身边的女孩，把愣怔的男生抛在原地，走出校门。

这几天李怡诺放了学就直接回家，不是因为临近考试。奶奶扭了腰，每天李立都盼着姐姐天黑前带他去公园玩一趟。家旁公园的儿童乐园很小，只有秋千、滑梯、跷跷板和一匹固定的斑驳木马，但已经足够李立翻来覆去地折腾，那劲头不比去锦江乐园时差多少。

李怡诺坐在秋千上，看着李立一遍又一遍从滑梯上滑下来。有一瞬间夕阳忽然大放光芒，蜇得她眯起了眼睛，她抬眼望去，落日又掩入云中。李怡诺跳下秋千，走到滑梯下口，一把接住弟弟，按着他上上下下把土拍掉，最后在他屁股上揍了一下，说回家了。

李立的精力还没发泄完，回家路上一蹦一跳走在前面。

“立立！”李怡诺吼了一嗓子。

李立停下来回头，李怡诺上去一把拽住他胳膊。李立一龇牙，不知道自己哪里惹毛了姐姐，却发现李怡诺的注意力并没在自己身上。

李怡诺咬着牙，盯着一棵梧桐树。

树后慢慢露出半张脸，然后整个人都转了出来。

“又是那个神经病。”李立小声说。

老头的头发乱成一蓬，依旧驼着背。这是他的职业习惯，总得注意看看地上有啥可捡的破烂。长年日晒令他的皮肤松弛，一道道皱褶里布满了斑点，但皮肤下的肌肉精瘦有力，青筋一条一条暴凸在手臂上。他的实际年龄要比看上去年轻得多，也许还不到六十岁。

李怡诺看着老头，她忽然意识到，老头没有像前几次那样转身快步离去，而是慢慢把背挺直起来，脖子、脑袋和双手全都舒展开，对着李怡诺咧嘴一笑，露出残缺的黄牙，活像头老年的雄猩猩。

李怡诺很少对人凶神恶煞，她明白那不是女人的优势所在，尤其是她这样的女人。所以她总是笑，她会各种各样的笑容，对付不同的处境，像是武器或者工具。可是这一刻，对着不远处老头的笑容，她手足无措。

“姐我们快走。”李立说。

李怡诺拉着李立，从树前疾步走过。

老头没有跟上来，但哪怕已经走过了几个街区，走进居住的破楼里，李怡诺都觉得那道视线还粘在自己的后脖颈上。

李立也被吓到，一路上格外安静，连走楼梯的脚步都放轻了。往二楼走的时候，二楼半传来李善斌的声音。

“所以你现在也没办法联系上王海波？”

“方便问一下最近一次有他的消息是什么时候呢？”

“你有他的父母或者朋友……”

李善斌看见儿子女儿从楼梯口出现，下意识地压低了声音，然后说了一声“谢谢”就挂断了电话。

整顿晚饭李善斌都吃得心神不宁，以至于没能发现李怡诺和李立的话比往日少。他没想到在这个节骨眼上，目标竟然消失了，通过几条线都没办法获得确切消息。也许他并不是现在才消失的，而是已经消失了很久，但无论如何，这都是李善斌没有料想到的情况。他觉得自己还是把事情想简单了，凭着过往印象和听到的只言片语，凭着本子上记录的过往细节，生出了目标触手可及的错觉。其实想想目标是个什么样的人，做过什么样的事，他的消失并不让人意外。

李善斌苦笑起来，王海波和自己这个技术工人印刷机长可不一样。技术工人就像螺丝钉，如果没有意外，铆在了一个地方一辈子都不会变。

可在他的计划里，王海波是关键一环，一定要把他找出来。李善斌又听见了冥冥中有一搭没一搭的笃笃声，这恍恍惚惚的声音不能细听，否则让人烦闷。它像是一根走向最后时刻的秒针，又像是警察逼近的脚步。

警察还会留给自己多少时间？

李善斌在过道厅里的小餐桌前回过神来的时候，李怡诺已经把碗筷都洗干净，开始擦桌子。

李善斌站起来，忽然对女儿说："小诺是大姑娘了呢。"

"爸你又要出门？"

"对，要去加班。"

李善斌出门，李怡诺拎了垃圾袋也走出来。李善斌伸手去接，李怡诺摇头。

女儿和爸爸一起走下楼。

李善斌跨上自行车，李怡诺在后面问："爸，你接下来……要去哪里吗？"

李善斌一怔，回过头，看见女儿的眼圈是红的。

“爸,你有事情要交待我们吗?”李怡诺又问。

李善斌下意识要摇头,脖子却动不了,想点头,脖子也动不了。

他赶在眼泪流出来之前把头转了回去。

“过两天。”他艰难而含混地说。

李善斌骑车到路口,停下来。他有些不想去那个窝篷,自然也不会去厂里加班。他一时不知该去何处了。

8.

店主是个中年胖汉，汗衫撩起了半截，把圆滚滚的肚子晾在外面。杂货铺闷在室内菜场最深处，盛夏天没有空调，只有个巴掌大的小电扇对着他的肚子吹。柜台上摆了几筐香料，还有一筐海燕小鱼干，沉淀出独特的混合气味。

店主小心地挪动肚子，在货筐后的逼仄空间里弯腰找出账本，然后从四月底往前一笔一笔寻找。

“我就是记记每天卖出点啥，不会记卖给谁。不过来我这里买的，基本是老户头。”他说。

这是老冯跑的第十五个菜场。菜场里的杂货铺是佳丰牌垃圾袋的重要销售渠道，名单上总共有近五十家。老冯已经总结出一个菜场模式：首先，会在菜场杂货铺里买特大号垃圾袋的熟客大多就是本菜场的小商贩们，需要询问这些人最近的行为举止有无异样；其次，让店主尽可能回忆买走特大号垃圾袋的陌生客的信息。后者是重点所在，在谋杀案例中，如果凶手不得不采购作案工具，通常会选择陌生的购买环境。

专案组迄今为止对凶手的画像依然很模糊，诸如残忍、冷漠、寡言少语之类的定义某种程度上是想当然的，最后抓到的真凶和这些词语完全相反也不意外，这在许多案件里已经被反复验证过，只能说人总是出乎意料得复杂。能真正帮助老冯筛选嫌疑人的标准其实很少，甚至只有一条。受害人的死亡原因是扼死，当时的情形，不论是正面冲突，还是趁其不备，凶手对自己与受害人的力量对比一定有着相当的自信，才会采用这样的行凶方式。同样，对凶手的身高也有所要求。要么，凶手是身高一米七三以上较强健的男性，要么是格外魁梧的女性。

半个多小时后，老冯结束了对店主的反复询问。他留了电话，要求店主回去问问轮班看店的老婆，并且也同时完成了对店主本人的嫌疑评估。照例一无所获。正常人不可能精确回忆几个月前一件小商品的所有购买者，在参考坐标如此模糊的情况下出现大量疏漏在所难免，但老冯也没有更好的办法。换一个人，不免会觉得自己的工作毫无意义，从而产生深深的挫败感，老冯不会，他在自己的名单上划掉一行，然后下一个。

非高峰期的地铁还算空，整排位子只坐了两个人，老冯把抱着的巨大包裹放下来——这是他先前特意回家取的。离下车还有近半小时，他打开电脑，开始看监控录像。这是名单上少有的几家大超市之一，承包了佳丰垃圾袋差不多十分之一的销量，也就是说每个月卖出超过五百卷特大号垃圾袋。老冯从营业数据里调取了每一笔佳丰特大垃圾袋的成交时间，然后去看相应时间点的收银台监控录像。工作量并没有听起来这么可怕，因为录像只保留最近两个月，老冯拿到录像的时间是六月二十一日，考虑到受害人的死亡时间，两个月的录像里只需要看最早的那一周，总共一百十九个时间点。

到站的时候，老冯又看掉了四笔交易。监控并不特别清晰，每一笔交易他都要来回播放几次，观察顾客举止是否可疑。很大程度上，这样的观察是靠“感觉”的，而老冯没“感觉”。可惜感觉好的刑警没时间干这样的活，老冯想，也许凶手已经在眼皮子底下漏过去了。

老冯斜抱着包裹走出地铁站，过两个街口，拐弯走进“广屋”——一家日式居酒屋。广现润二用中文和他打了个招呼，老冯是熟客，每个月都会来吃一顿晚饭。

拉开包厢移门，崔影一个人坐在榻榻米上。

“小瑶马上高三，暑假报了几个班，考完试还在每天做卷子，她说就不来了。”

老冯愣了一下。

“哦，好。”他说。他有两个月没见女儿了。

老冯把一米多高的包裹靠在墙角，脱了鞋上榻榻米。

“这是什么？”

老冯把包裹一头的纸撕开，露出一个长毛绒熊脑袋。

“给小瑶的，我以为她会来。”

崔影看看熊又看看老冯，告诉服务员可以上菜，另外再要了两壶清酒。服务员离开时把移门合上。

“最近在忙什么？”崔影问。

老冯就开始说案子，捡着能说的说。他说到一半，服务员开门上菜，崔影说你还是没变啊。老冯哦了一声，便不再继续讲分尸案，笑笑说情商低一辈子变不了了。崔影摇摇头，说如果小瑶在，大概是想要听这个故事的。

这些年他和崔影的关系反而比离婚前好，老冯自己这么觉得，他判断崔影应该也是。

他一直不知道促使崔影离婚的男人是谁，压根儿没有抓奸这回事，就是有一天晚上出勤回家，崔影穿得整整齐齐坐在沙发上，告诉他喜欢上别人了，要离婚。这事对他的打击远没有其他男人碰到时大，内心情绪再怎么积蓄，小池塘也掀不起滔天浪。他甚至很能够理解崔影，觉得她喜欢上别人理所当然。事后老冯也没有动用公安手段调查，到今天他也想，自己那时候的好奇心是不是太弱了，到底有没有另一个男人存在？崔影没有再婚，从女儿的只言片语里，老冯知道崔影从没开始过一段正式关系。

“本想着考完试，小瑶今天会来的。”老冯吃了几口鱼以后说。

“下个月我让她来。”崔影说。

女儿对父亲有一种天然的依赖，哪怕是老冯这样的父亲。曾经有一度，冯小瑶觉得父亲特别了不起，因为他是警察，缠着让他讲抓坏人的故事。可是老冯没抓到几个大坏蛋，处理的大多是派出所鸡毛蒜皮的事情，慢慢的冯小瑶也就不问了。到最近这两年，哪怕是每个月一次的见面，冯小瑶也表现得可有可无起来。

老冯嗦了一口酒说："大概是上年纪了吧，有的时候确实会想。医学上讲，人变老以后，大脑也会变化，老年人话多，也容易念旧。可能吧，我这老了以后，倒会变得更正常一点了。"

崔影笑笑。

老冯瞅瞅她，问要不要再来一壶酒，崔影说还有半壶没喝掉呢，老冯哦了一声，把自己小杯里的清酒喝掉。

"要不要再试试搭伙过日子？年纪大了，有个照应。我这个，和从前比确实有点变化了，时不时的也想和人说几句话。"

"那你现在，会经常和同事一起晚上喝酒吗？"

老冯摇头："我一去，气氛就差点。他们嫌我喝了酒也太清醒。"

"抽烟呢，抽烟的时候，会几个人一起吗？"

老冯愣了愣，还是摇头。

"那我看你还不够老。"

老冯讷讷着不知该说什么。

崔影放任了一会儿这异样的沉默，说："老冯，你说两个人一起过，到底图什么？"

"互相靠一靠吧。"

结束的时候，崔影让老冯把熊带回去。

"我抱这么个大东西不方便，下次还是你亲手给小瑶吧。不过，其实她现在已经没那么喜欢长毛绒了。"

“好，要是我手上的案子破了，下次我讲给她听。”

老冯抱着大熊搭回程地铁，熊脑袋搁在他肩膀上，相当惹眼。回到家里，他把熊放在大床多年用不到的另一边。他想着和崔影的这顿饭，想着她问的那几句话，疲惫慢慢涌出来。老冯不喜欢回家，就是因为一个人的时候容易觉得累。他体能保持得不错，疲倦更多的只是一种感觉、一种情绪，这似乎是他深切体会到的第一种情绪，年纪大真的有帮助。

老冯看着床上坐着的大熊，想着自己还有三个月到五十岁生日，不知不觉的，一个人走了这么久。这只熊先前一路抱着非常柔软，这柔软此刻依然残存在他身上，有丝丝缕缕难以索解的东西，从熊的每一根长绒中流淌出来，冲刷着他的身体。这大约就是情感吧，但老冯觉得自己是个筛子，这些情绪从前胸进入，在他的皮肤、血液、心脏和骨骼间缓缓通过，从后背心渗出去。

老冯点上一支烟，打开电脑继续看监控。他估计再有三天左右，可以解决掉名单上的一半，后一半要慢点，因为有些在外省。走访到现在，勉强算可疑的线索一共七条，但没有一条重要到需要停下其他工作立刻追下去的，所以他也没向王兴上报。除非凶手心虚到买垃圾袋时行为严重失常，或者气焰嚣张到说了不该说的话，否则垃圾袋这条线索，应该很难摸到凶手尾巴。

烟灰缸里有五个烟蒂的时候，老冯突然坐直身子。

这是四月二十七日的一段监控。

老冯倒回去重看。

显示屏上，购买佳丰牌特大号垃圾袋的是个看上去偏瘦的戴眼镜男性，并不符合体格推测。他表情正常，从监控看，也没有和收银员说什么话。

老冯又看了一遍，然后继续看下一个时间点。一小时后，他熄灯睡觉，熊在一臂之遥，他失眠了。

次日清早，老冯拨通了这家超市经理的电话，要求核实四月二十七日傍晚五点三十三分，于三号收银机结账的一位顾客的购物清单。

“我需要知道，他除了一卷佳丰牌特大号垃圾袋外，所购买的另一件商品是什么。”

得到了经理查询系统后的准确答复，老冯打电话给王兴。

“王队长，我有一条线索。”老冯说。

“四月二十七日傍晚，广安超市里有一名中年男性购买了两件商品，一卷佳丰特大垃圾袋外，一把锯子。”

“嘿呀！”王兴发出一声喊叫，“我勒个去！老冯，老冯，老冯！”

王兴大叫三声。

“你逮到那个王八蛋了！”

电话这头，老冯咧着嘴笑。是的，我逮到了！

那些受害人的尸块，已经被法医王德坤确认过，所用的分尸工具，正是锯子。

9.

李善斌读过自己印出来的每一本书，很多年前他想改变命运的时候养成了这个习惯。他知道有人通过冒险改变了命运，有人撞了大运改变命运，但用知识来改变命运，总归稳妥一些，可控一些。

知识没能改变他的命运，大约是读的书还不够多。

制定计划时，他很努力地回想看过的相关书籍内容：一些心理学专著，一些推理名著，甚至还有一本公安先进个人事迹选。他从中总结出很多道理，但现在他意识到这些道理不太管用，缺乏细节或者细节不实，照此实施的时候总是撞上礁石。先是分散藏匿的抛尸袋竟然这么快暴露，再是王海波不见了踪迹。

李善斌知道王海波曾经住在哪里，也知道他曾经在哪里工作。他觉得这两个烙印一旦打上就很难磨掉，比如他自己，从来没有换过工作，如果不是那场火也不会搬家。当然，王海波是从单位停薪留职出去的，可既然还留着职，单位总会掌握些情况吧；就算他搬了家，居委会也还会有他的联系方式吧。在这两处碰壁的时候，意外之余，李善斌从心里升起的，是迟来的苦涩觉悟。自己停在原地，以为世界也同样不曾改变，其实十一年前他就该懂得，不管是整个世界还是哪个人，都不会等他。

幸好，关于王海波，他还有些手段。除了工作和住所，人有更难以舍弃的羁绊。

王海波的父亲叫王杰，在航天局工作。上一辈人的组织关系都很牢固，尤其是航天局这样的特殊系统，李善斌有九成把握，王杰是在航天局退休的，如今应该六十岁左右，航天局里一定还有许多与王杰相熟的同事。找到了王杰，多半也就能找到王海波。

然而王杰并没有在航天局退休，他在十年前就因病去世了。

王杰虽然早已不在人世，但李善斌还是从主任那里请了假，连着两天往航天局跑，拜访到三位王杰的老同事。他把自己装扮成一位三流传记作者，受王氏家族某位长辈所托，为王家每一位族人撰写小传。正式起见，他还杜撰了一份委托书。在这三位老同事口中，李善斌几乎没有打探到关于王海波的任何情况，王杰对儿子绝口不提。好在李善斌确认到了王杰的妻子，王海波的母亲赵兰的职业，那原本不在他的资料上。

赵兰长期工作于区卫生局办公室，并在那里退休。

和航天局工会对多年前去世员工的陌生感相比，区卫生局工会对赵兰这个名字非常熟悉，因为他们代表组织，刚刚去探望过她。

“她状况不太好，你不知道吗？”对方在电话里说。

“啊，那我得去看看她。”李善斌说。

他放下电话，心里琢磨着，寡母病重，谁会在身边照顾呢？

预感到即将解开难题，把断了的线重新连上，李善斌绷着的面孔放松下来，他甚至隐然有了丝笑意，但瞬即又隐没不见。

他已经耽搁了太多时间，当王海波真正在视野里出现的时候，也就是他彻底离开当下生活的时候了。

前方是怒涛，是火海，是炼狱。他要走进去了。

自己的最后准备还差些什么？李善斌去银行柜台取了四万八千九百二十一元——他工资卡上的所有钱。他的计划用不着这么多现金，大多数是留给家里的。他猜想或许卡会很快冻结，只要警察查到他头上。不能心存侥幸。

他在银行边的小超市买了瓶潘婷洗发水，女儿喜欢这个贵牌子，另加一条硬壳红双喜，本来要买两条的，仔细盘算后，觉得一条勉强也够，给家里多留点钱。结账的时候他看到收银机旁边陈列着健达缤纷乐，那是李怡诺最爱吃的巧克力品种，便问一共有几条。

“都在这里了。”老板操着贵州口音的普通话说。

那就是五条。

老板的口音让李善斌觉得亲切，他记得之前好像来过一次这家小超市，既然这样，就多采购一点东西吧。

他拿了五条缤纷乐，又取了三袋儿子最喜欢的开心果放在柜台上。

“还要点其他什么东西吗？”老板瞅着他问。

李善斌犹豫了一下，他在心里盘算女儿和儿子的诸般愿望，还有老母亲一直念叨的一口好锅。说起缺的东西，家里太多了，远远不是这家小超市里能买全的。他摇了摇头，说就这样吧。

老板点点头，像是有些遗憾，看看货又看看李善斌。李善斌催他结账，老板说你等等，居然又从收银台底下翻出两条健达缤纷乐来。

“你是说都要，对吧。”他打量着李善斌，仿佛要看看他会否反悔。

李善斌笑起来，说都要。

老板帮他把货品放进塑料袋里，说你来过我这儿吧，老客人了，下次来给你打九折。李善斌说来过一次，他把自己的贵州口音放出来一点，说咱们是老乡啊。

走出便利店的时候，李善斌觉得自己应该不会第三次进这家店了。

然而毒辣的日头晒在身上，李善斌忽而又想，应该再多买点冰淇淋回去，从这里骑回家，速度快点还化不了。他走回店里，冲老板笑笑。老板在打电话，看见李善斌折返，陡然一愣，“啪”地把听筒搁回座机。

李善斌盯着老板，慢慢收了笑。老板一寸一寸挤出笑来，问还想要点啥。李善斌视线下移，老板的右手兀自紧紧抓着听筒，青筋暴出，然后又蜂蜇一样把手松开，缩进柜台下面去了。

李善斌紧贴着收银台，老板往后闪躲，地方就这么点大，他很快意识到无处可逃。努力向上提的嘴角、抽动的左边眼角、翕张的鼻孔，脸上的各个部位根本无法协作完成名为“镇定”的指令，都想各自找个地方藏起来。

李善斌忽然觉得好笑，他从未见过有一个人如此惧怕自己。

“打电话？”他问。

“没有啊。”

“打给谁？”

“哦哦，老婆，我老婆。”

李善斌冲他轻轻摇头。

“知道是什么案子吗？”他问。

老板的脸上像是中了一拳，耸眉咧嘴，额头沁出细汗，用颤抖的气音发出“哈”的疑问。

“那就是知道咯。”李善斌点点头。

“没有没有，什么……我不知道，我……”他的声音越来越轻，脸皮已经发白。

“看你那么怕我，多少是知道一点吧。”

李善斌拿手指指电话，老板连忙抖着手把电话推过去。

李善斌握住听筒，定了定神，心里掠过女儿的模样。其实他也怕，但这个时候不能露怯。老板已经报警了，如果这一关都过不去，还谈什么其他？他拿起话筒，按下重拨键。

“不好意思不好意思，实在是不好意思。”李善斌操着贵州普通话，把喉咙压扁，学着老板的声线说。

“刚才搞错了，应该是搞错了。”

“搞错了？你不是说看了好几眼，就是上个月来过的那个人吗，和照片上的人很像？”电话那头说。

“刚才他又回来买了两根冰棍，我和他说了两句话，这是个刚到上海两个月的安徽人，到我这里买过三四次了，不是只来过一次的那个。两个人的鼻子有点像我给搞混了，所以赶快再打个电话来，省得你们白跑一次。”

“哦那好，下次你看到和照片上像的人，再打我电话。把握不大也可以告诉我，我们不怕白跑的。”

“行，好的好的，一定。”

李善斌搁下电话，老板已经把僵硬的笑容堆了一脸，连声说：“搞错了，确实是我搞错了。”

“你没搞错，你心里知道的。”

老板又变成了先前那种夹在哭笑之间的表情：“我不会说的，我绝对不会再打电话了。”

李善斌伸出手，一根一根把手指竖起来。

“五个钟头，你忍得住吗？”

老板微微张嘴，不知该如何回答。

“五个钟头以后，你可以打电话报警。”

老板露出他最谄媚的笑容，说：“您放心，您放心，我不是不知道轻重的人。”

李善斌把电话机上的线拔了，用手拽一拽，老板连忙把电话线的另一头从墙上拔下来，整根交给李善斌。

“你有手机的吧。”

老板飞快地摸出手机放在柜台上。

李善斌卸下电池板，把手机推回去。

“其实，我记得这条街上有地方买手机电板，或者你也可以借别人的电话打。”

“哎呀哎呀，”老板急了，“您给我一条路走，我怎么会不知好歹，怎么会嘛，您都说了五个钟头，我要是这都熬不住，急着去投胎啊。别说五个钟头，我跟您保证，这五天里我都把这件事忘得干干净净的！”

李善斌把塑料袋里的巧克力和开心果拿出来，把电话线和电池板装进去，扎起袋子，轻轻拍了拍，然后推还给老板。

“五个钟头，五个钟头以后，不管我怎么样，你肯定是安全的。”

李善斌出了超市，把捧着的巧克力和开心果放进自行车前兜里。跨上车的时候，他看见老板从店里赶出来，把塑料袋扔进路边的垃圾筒里，然后日本人似的给他鞠了个深躬。

他骑起来，两边的景物夹道矗立，将他向前推，向前推，向前推。他知道，人生的最后一段旅途，就此开始了。

10.

六月二十四日上午，老冯打电话给王兴报告突破性线索的半小时后，一把与监控录像中男子所购买的同品牌同规格的锯子就被送到了“六一三”碎尸案专案组。经鉴定，这款锯子的锯齿形态和齿间距，可以形成与尸块相符的伤口。王兴召开专案组会议，确定录像上的不明男子，为本案头号嫌犯。

不明男子只有一个像素不太清晰的侧面。王兴把原来的五个组压缩，只保留了最基本的人手去跟原有的线索，抽调出来的大部人马另分两组：一组去比对公安系统全国数据库里所有符合基本年龄性别特征的有案底的人，因为图像不够清晰，这工作基本要靠人眼分辨；另一组上街。

王兴把其他人派完，最后问老冯愿意去哪个组。老冯说上街。

王兴看着他嘿嘿直笑，忽然大吼一声：“老冯！”

老冯愣怔着，慢慢站起来。

“老冯你这么多年怎么干活的，大家都看着，现在是绿叶熬成红花。这个案子要是能破，你这个大功逃不了，而且我个人特别希望最后老冯你是首功。我在这里说一个事，接下来要是110平台接了线索，优先分给老冯，有没有意见？”王兴大声说。

老冯有点傻，不知道在这样轰然沸腾的场面里该做何反应。

要立个功，他咧着嘴在一群刑警中间想，临老了，有一个可以和冯小瑶说的案子，将会是……自己破的吗？

刑警们笑闹一阵，舒缓了连日的压力，摩拳擦掌领了新任务干活去了。反倒是留在原本组里的人颇有些吃味。现在侦破形势已经倒转，本来不算方向的方向上居然有了突破，连嫌疑人的相貌都有了，可他们这条查被害人身份的线，却还是看不到一点儿曙光。最初步的筛查刚刚过半，后面真要做下去，还有巨大的工作量，留着他们，不过是备着万一罢了。

上街指的是拿着照片去做细致的走访。因为现在只是从逻辑上判断不明男子有重大嫌疑，尚没有直接的线索把他和碎尸案联系起来，所以不能把他的照片贴得满大街都是。老冯那么多年的走访工作做下来，有自己的一套方法。他有耐心，每个点都做得很细致，坏处是速度慢，好处是确保把足够多的信息传递给工作对象，并且通过充分交流建立信任感。他会留下自己的联系方式，一旦对方发现情况，往往会直接打老冯的电话，而不是110。

上街的每个刑警都会划分区域，王兴还是让老冯先挑。如果把发现尸袋的地点连一个圈，虽然专案组判断凶手对该区域相当熟悉，但这个圈应该不是他的日常生活区。广安超市离这个圈有一定的距离，老冯选择广安超市和抛尸圈的中间区域作为自己走访区的时候，王兴冲他挑了个拇指，认同这是最可能发现不明男子踪迹的地方。

六月三十日下午，老冯接到了便利店贵州老板的电话。

第一个电话的挂断颇有些仓促，老冯理解这是老板发现一个极度危险的嫌疑人时的慌乱反应。但是很快又来了第二通电话。第二通电话里，老板没有先前那么慌张了，因为他发现自己搞错了。

老冯看了一下两通电话的间隔时间。

五十一秒。

老板说，那个顾客又回店里，挑了两根冰棍结账，其间他们聊了几句，老板确认这不是警察在找的人。老冯反复模拟这一系列动作，不是说五十一秒里绝对完不成，但是非常非常紧。

老冯拨回去，想再问问清楚，但是店里的电话一直不通。他从工作本里翻出老板手机号码打过去，手机处于关机状态。老冯离便利店并不太远，他决定骑过去看看情况。

老冯走进便利店的时候，离他接到第二个电话，只过去了二十分钟。

老板看到他有点懵，老冯说你刚才一直在打电话啊，老板摇摇头说没有啊，你打我电话啦，老冯说你店里的座机和你手机都打了，全都打不通，稍微有点担心，过来看一眼，问问清楚。说到这个时候，老冯终于发现，老板的表情有点不寻常，再仔细一打量，老板的手紧紧按着柜台上的电话座机。老冯对物件的观察力要胜过对人的观察力，当下就觉得电话机有哪里不寻常，琢磨了一下，便意识到电话线没了。

“你把电话线拔了？”

“不是我拔的。”

老冯精神一振：“哦？说说看。”

老板长舒一口气，放松下来。这就不怪我咯，他用贵州话咕哝了一句。老冯听不懂，问他说了啥，老板眼睛往店门外一溜，忽地又紧张起来，说警官你先等我一下，急急忙忙跑出店去，赶在拾荒者前面把塑料袋从垃圾筒里捞出来。

“我是被逼的，你们一定要保护我的安全啊。”他一边给手机安装电板，一边对老冯说。

老板把事情经过说了一遍。

“警官，我这个线索是不是很关键，抓到了人，我这里会有奖励吗？我也是冒了很大的风险的，我看那个人，就是个杀人不眨眼的主。”

“他说的是五小时？”

“对的，五小时，现在才刚过不到半个小时。”

“如果今天能够抓到人，而且抓对了人，你肯定有功，我给你申请奖金。”

“一定要抓住啊，否则我怕我有麻烦，我在这里开店，跑得了和尚跑不了庙。”

老板把老冯拉到马路上，往前指指：“他骑车走的时候，我在后面看着的,他在前面那个路口往右拐了。”

老冯一拍他肩膀,说有你的啊。

“还有,警官,那个人最后出店时看了眼冰柜,他可能真是为了买冷饮才回来的。要是那样的话,他绝对住得不远。”

老冯心里更有谱了,嫌疑人电话里脱口说的买两根冰棍,应该就是他原本的想法。这么热的天,不是路程五分钟之内,不会想着带冷饮回去。前方十字路口右转,自行车程五分钟,也就是大约一点五公里的扇形区域,住宅优先。

五小时,嫌疑人一定是打了余量的。他可能要一定的时间作逃亡准备,也可能有一件必须优先处理的事情。真实所需的时间不会超过三小时,也许两个半小时,然后他就远走高飞了。现在,自己最多还有两小时。

老冯不贪功,一点五公里的扇形区说大不大说小不小,靠他一个人是没办法在两小时里细细梳理一遍的。他当即上报王兴,王兴下令上街组的所有刑警,以最快的速度,着便衣进入该区域,同时给区域内所有交警协警分发嫌疑人照片。

半个多小时后,即下午四点二十三分,一组刑警报告了收获。有人认出了照片上的嫌疑人——刚搬到该区两三个月的一家新住客的一员,下午早些时候,嫌疑人被目击者看见骑车回家。

“好像没看见他出来。”目击者——一位六七十岁的老人对刑警说。

四点二十六分，老冯进入已被便衣刑警包围的目标区域。

上世纪五六十年代，这里算是镇上比较中心的地方，那些五层高的住宅楼在半个世纪前非常显眼。周围的农田在最近几十年的城市化里变成马路和楼房，一轮又一轮的侵蚀让这儿发炎流脓长成恶瘤。这里的每一幢楼至少被加盖了一层半到两层，楼与楼之间是高低起伏的铁皮顶简易房，形成了以每两三幢楼为中心的一个又一个街区。其实根本称不上街，只是在野蛮生长的过程中，挤压出了各种曲里拐弯紧贴房子的小径。几年之内这里一定会被平整掉，但现在，老冯见到的还是一派鱼龙混杂的浑浊场面。

老冯从大路拐进去，仿如踏足一片虫蛀斑斑的老叶，而主脉不过寻常上海弄堂的宽度。顺着主脉走五十米，跛了左脚的目击老人坐在自家门口摇着蒲扇，从他身后的细径往里走就是嫌疑人居住的破楼。时间紧急，又怕打草惊蛇，现在还没能锁定嫌疑人确切的住处，只知道他和老母亲及一对儿女住在三楼。

对公安来说，这是最难抓人的地方，地形复杂且四通八达，天然的治安洼地。老冯一进来就明白，目击者所谓“没见他出来”根本不能代表什么，嫌疑人可以走的路太多了。现下调集过来的十多个警察，远无法形成真正的包围态势，拿来围住目标那幢楼还勉勉强强。

四点三十四分，王兴赶到，主持行动。此时通过对一楼二楼居民的走访，已把目标缩小到三楼的两户人家，再多给一点时间，应该可以锁定。王兴决定不等了，两户人家同时敲门，在一户开门的时候，另一户如果没动静就强行破门。

“外围保持警惕，嫌疑人随时可能翻窗跳楼。但是看见可疑目标别一拥而上，这里不良分子聚集，会逃跑的不一定是我们的目标，搂完草窜出来的是兔子是蛇得看准了。”王兴强调完行动要点，挥手让两组人进楼。

老冯领着其中一组，踮着脚小跑到三楼，出楼道左手尽头门口站定，掏枪。另一组从他们后面蹭过去，堵住侧对门另一家，六个便衣挤得满满当当。两家都是一撞就开的破门板，也都没有门铃，老冯回头看看，接到信号后同时敲门。

身后那扇门先开了，另一组大喊着“警察”一拥而入。老冯向后急退两步，合身往前撞。门一下子开了，老冯的肩膀却没有碰到想象中的阻力，只听见一声少女的惊叫。

“警察！”老冯一边喊一边踉跄站定，两名同事分头抢进里屋。穿着牛仔热裤的少女坐倒在地，长发散乱红唇微张，小鹿般惊慌失措。老冯的视线没有在少女伶弱的美态上停留，他注意到女孩的膝畔散着两块红白包装的长条巧克力，然后在桌上看见了其他几块和开心果。他高喊“就是这家”，持枪闪进厕所，回转出来的时候碰上先前冲进房间的刑警，三人各自摇头，谁都没发现目标。

少女已经爬起来，缩在桌角墙边尖声喊：“你们是谁，你们要干嘛？”

老冯亮了警官证，问："你爸呢？"

"出门了。"

"去哪里？"

少女摇头。

"什么时候回来？"

少女还是摇头。

"这是你爸刚买回来的？"老冯指着桌上的东西问。

少女迟疑着点头。

"我爸爸他……有什么麻烦吗？"

隔壁房间道歉收队，王兴从门外一步跨进来，问："是这里？"

老冯点头，王兴留他继续了解情况，带着其他人退到楼下。

"你爸爸叫什么名字？"王兴离开前问。

"李善斌。"

警方由此得到了"六一三"案头号嫌疑人的身份信息。

"我爸爸他犯法了吗？"少女追问。

王兴没回答，把现场交给了老冯。

"我们需要向他了解一些情况。"老冯对少女说。

少女惊魂甫定面颊酡红，给不了老冯什么反应，老冯把桌子椅子扶正，回身掩上大开的房门，为刚才的冲撞道了歉，然后问："你叫什么名字？"

"李怡诺。"少女怯怯回答。

据李怡诺说，李善斌在下午三点左右回到家里，放下给她和弟弟买的东西，就又出门去了，并没做特别交待，这意味着他应该是要回来吃晚饭的。老冯问了李善斌的手机号码，传给王兴，打过去是关机状态。问了李善斌的工作，王兴联系了印刷公司，得知李善斌已经请了一段时间假。

老冯问李怡诺，李善斌为什么请假，李怡诺说她以为爸爸一直在上班，不觉得有什么异常。问李善斌经常手机关机吗，李怡诺摇头。问家庭情况，李怡诺说父母好多年前就离婚了，爷爷死得更早，这么些年一直是爸爸在支撑这个家。

李怡诺一直很害怕，话少，老冯问个两三句，她才答一句。老冯不擅长聊天，又不能拿小姑娘当犯人审，常常冷场。

五点零三分，门锁转动，一位老人领着个小男孩走进来，是奶奶刘桂兰和弟弟李立。老冯再次出示了警官证，刘桂兰表示既不知道儿子去了哪里，也不知道儿子什么时候回来。同李怡诺一样，刘桂兰也有些畏惧，老冯不禁想，如果说小姑娘是因为警方粗暴闯人而受了惊吓，那老太太又是在怕什么呢？

小男孩李立倒是睁大了双眼瞪着他，老冯蹲下来，对他笑笑。

“和叔叔说说爸爸好吗？”

李立回头去看姐姐，发现姐姐在小声抽噎，立刻放声大哭起来。李怡诺把弟弟紧紧抱住，李立在姐姐怀里哭得上气不接下气。

李怡诺抬头叫了声奶奶，刘桂兰便把李立拉到里屋，关上了房门。

“真是……不好意思。”老冯尴尬地说。

“我爸爸他……到底出了什么事？”

老冯答不上来。人证物证口供现在一样都没有，他要怎么对李怡诺说，她爸爸可能杀了个人？

李家通常在六点之前吃晚饭，尽管早有预感，老冯还是一直等到了六点半。其间李怡诺也多次拨打过李善斌的手机。

“如果有你爸爸的消息，请务必立刻通知警方。”老冯在离开前说。

“您是说我爸爸可能一直不回来吗？那现在可以报告失踪吗？”李怡诺焦急地问。

“我们会努力找到你爸爸的。”老冯勉强这样回答，然后退出了李家。

王兴留了一组人保持监控，收队。

“五小时已经过了一半多。”老冯念叨了一句。

“别想什么五小时了，他随口一说稳住便利店老板而已，回家放完东西就跑了。”王兴说。

“是这样？”老冯一愣。

“确定嫌疑人身份已经是很大进展了，老冯你加把力，一旦发现直接证据，我就去申请通缉令。”

老冯点头，心里却想到另一件事。李善斌十几年前就离了婚，那今天看到的最多不过五六岁的小男孩，是哪儿来的？

“你说这个李善斌，逃跑之前还惦记着把给孩子的东西放回家去，就真的一句话都不和女儿交待？”王兴琢磨着说。

“小女孩没说实话？”老冯皱着眉说。他可是啥疑点都没看出来。

“李家你还是要再去几次。”王兴拍拍老冯的肩膀，“老冯，已经很近了，这回争取立个二等功！”

11.

事情不顺。

李善斌所购买垃圾袋及锯子的型号和作案工具能对上，购买时间也与被害人死亡时间重合，人虽然没抓到，但是他不合情理的消失，以及在便利店内的举动，更足以证明了他的嫌疑。可以说，在逻辑链上，李善斌和“六一三”碎尸案已经完美联系在了一起。专案组上上下下原本有着极大的信心，要在短时间里迅速完善证据链，对李善斌通缉抓捕，然而第一轮情况摸下来，李善斌竟然出乎意料得干净。

李善斌现年四十岁，父母是回沪知青，他生在六盘水，一直到十五岁才随着落实政策的父母来到上海，初中毕业读了个技工学校，出来后在印刷厂一待就是二十年。印刷厂如今成了印刷公司，所有制从国营变成了民营，李善斌也从普通工人，晋升为印刷机长。这样的工作环境和工作年数，让工友比亲友更熟悉，而李善斌又不善交际，朋友圈即工作圈，所以专案组觉得，能从李善斌的同事口中打听出被害人的身份线索。

李善斌几乎每年都是公司的先进个人，如果有哪年没评上，不是因为他干得不好，而是他主动推让。一个勤勤恳恳的好人，一个老实人，这是上上下下所有同事对李善斌的一致评价。对这样的典型人物，每个人都不会陌生，一个足够大的群体里，总会有几个整天闷着不知在想什么的人，有暴躁易怒动不动就翻脸的人，有嘻皮笑脸爱讲下流话的人，也会有李善斌这样，原则问题之外不和人发生矛盾，肯吃亏不记仇，踏踏实实待人处事的人。某种程度上说，正是这样的人构成了整个社会的核心，他们的存在让周围的人安心，并且生出“毕竟还是有这样的人啊”的感慨，从而不再下坠成为更坏的自己。他们就像一个个榫头，联接起周遭的普通人，共同构成了托承社会的基石。

通过与十几名印刷公司员工的交谈，包括与其中五位李善斌的多年老友的深入沟通，许许多多的细节，一桩桩回忆，慢慢在专案组面前拼出一幅画像。每一个切面、每一块碎片都有着共同的指向性——一个老好人，没有疑点。然而如果他真是这样一个人，怎么会是分尸案的凶手？

车间主任李扬比李善斌大一轮，李善斌进厂的时候，李扬是印刷机长，可以说是他手把手把李善斌带出来的，两个人感情很深。现在李善斌住的房子，就是李扬借给他的。

老冯先问李扬，李善斌当时是怎么请假的。既然年年都是先进个人，请假的次数一定不多。

“全公司数善斌加班最多，每年年底都积了一大堆调休浪费掉，所以他要请假的时候，谁会不准呢。这次是刚刚结束一个大订单，业务上空下来了，他找我说要请段时间的假。”

“哪天开始请假的，请多久？”

“周一请的假，说是先请十天。”

“到下周三？还是说算上休息天有两周？”

“是两周了。”

“很长的假了。再怎么有调休，请这么长的假，不多的吧？他从前也请过这么长的假？”

“那一年他结婚的时候，也就请了三天的假，有一次带孩子回六盘水，请了五天假。”

“那就是头一次请长假，先请十天可能还要延假。这个很不寻常，说原因了吗？”

李扬的表情有了变化，复杂微妙又意蕴深长。老冯看出了变化，但是他解读不出来，这已经超出了他所能捕捉到的情感频率。他记起有一次参观葡萄酒厂，明明佳酿就在一个个大橡木桶里酝酿发酵转化，可他连一丝味儿都闻不见。

“他说太累了，想歇一歇，就是这个理由。善斌也是不容易，一个人拉扯两个孩子又侍奉妈。人到中年了啊，可往后看看，还有很长的路。不像我，没几年就退休享福了。我也是从四十岁过来的，知道走到河中间，两头不着落的滋味。”

“那两个孩子，女儿是他和时灵仪生的吧，儿子呢？”

时灵仪是李善斌前妻，六盘水人，两个人在一九九零年结婚，一九九五年离婚。

“儿子啊……”李扬想了想，然后慢慢摇头：“是又多了个孩子，但这种私事，他不提别人也不好追问。不过你们警察，查查户口簿出生证之类的，不就知道了吗？”

孩子没查到出生证，也没上户口簿，系统里没这个人。这个事情不寻常，一会儿老冯就打算再去一次李家了解情况。

“李善斌和时灵仪离婚那么多年，应该有几段其他感情吧，你们关系这么好，多少知道一点？”

和李善斌有交往或纠葛的女性，是警方的重点方向。但迄今为止，还没发现和内裤人名相符的。

“早些年给他张罗过，但他那个木讷性子，又一心都在孩子身上，难啊。”李扬苦笑，“再说他家这么艰苦，女方条件好一点的看不上，差一点的么过来更是拖累。”

打听不出感情生活，老冯再问和李善斌闹过矛盾的人，和其他被调查者一样，李扬直摇头。

“善斌根本就不会和人闹不痛快，反过来也一样。肯吃亏懂退让顾大局，意气从来不上头，你说说这样的人，怎么和人冲突？你还问仇啊恨啊的，上升到这个层面，这怎么可能嘛。”

因为没有直接证据，警方在调查的时候，只说是要配合重要案件调查，不能直说李善斌是凶杀案嫌疑犯，但大家都能闻出味儿来，知道李善斌怕是摊上了大事。没一个人落井下石，话里话外全都在为他辩护，做人做到这样，真是不容易。

关于租房，老冯是最后才问的，因为看似和案子关联不大。

通常来讲把房子租给熟人，容易发生问题，但如是李善斌这样的为人，当然又不一样，彼此都会很放心。可是这个问题问出去，收获的回答却让老冯多想了一层。

李扬的房子，借给李善斌没多长时间，仅仅才两个月。

"你再回忆一下，到底是哪一天？"老冯追问。

"是四月底，哎呀我这记性，非得要说哪天也精确不了，因为老伙计了没弄合同那玩意儿。我这房子空下来有阵子了，想着再简单装修一下，多租三五百块钱，但一直忙没顾上。善斌知道这事儿，那天他忽然打电话给我，说就这么租给他呗。我说行。让我想想啊，不是二十九三十号这么贴着月底的日子，应该是二十六七号，或者二十七八号。他倒是说搬就搬的，当天和我说了，立刻问我拿钥匙住进去了。"

李扬说的这三天，正覆盖了死者的死亡日期。

"他原来住在哪里，有和你说为什么搞得这样仓促吗？"

"说是临续约了房东涨租，他手头太紧了。他租那地方我也没去过，大概我知道，离咱们公司不远。"

李扬说了个大致区域，老冯记下来，这是个重要线索，回头专案组在那几个街区摸一遍，多花点警力准能找到。转念一想，老冯敲自己脑壳，费这劲干什么，问一下李怡诺不就知道了。

嫌疑人在关键时间点上有异常举动，追下去很可能会给案子带来进一步线索。

“李善斌一直租房？他父母没留下房子？”老冯多问了一句。

“有房子，前年给烧了。”李扬叹了口气，“要不是那场火，善斌不至于这样难。”

老冯没想到在问话的最后阶段会有这么多成果。

家宅付之一炬，哪怕房子再小再破，那也是在上海市区的房子。这是警方目前所掌握的，嫌疑人近年来唯一的人生重大变故。

老冯骑车往李家去的时候，太阳正释放着一天里最后的热辣。他意识到，距离李善斌在便利店现身，已经过去了二十四小时。他曾经离嫌疑人只有二十分钟的差距，仿佛是一个错身，而今又越行越远。他摇了摇头，把这个念头驱离脑海。

无论如何，警方已经找准跑道了，他相信自己很快就能见到这个李善斌。

昨天给警方线索的老头依旧半躺在小径拐角，老冯骑着车经过的时候，老头抬了一眼，像个哨兵。

来之前，老冯电话确认过李怡诺和刘桂兰都在家。开门的还是李怡诺。

“警察叔叔好。”她怯怯地打招呼，然后又问，“是有我爸爸消息了吗？”

“现在还没有。”老冯回答。

李立听见动静，从里屋大叫着“爸爸”冲出来，被姐姐一把拉住。

刘桂兰去给老冯倒了一杯白水，李怡诺又从冰箱里拿了瓶冰可乐，不管老冯怎么推辞，还是给他拧开了。

小厅没有沙发，老冯被安排坐靠背椅，其他都是方凳圆凳。刘桂兰让李立去里屋玩，李立不愿意，大闹说要爸爸回来。李怡诺蹲下来，双手搭着弟弟的肩膀，李立便安静下来。李怡诺说你想听就呆在我旁边，别说话，李立点头。刘桂兰在旁边反复教育李立听话要乖，但小男孩显然对奶奶的念叨并不在意，却很服帖姐姐。刘桂兰又回过头告诉老冯，这孩子其实很懂事，从不会惹出真正的麻烦，并且举了两个例子。毫无疑问，老冯对此并无兴趣，他只想赶快找个机会开口说正事。

昨天老太太的嘴还没这么碎，许是受了惊吓，今天却是恢复常态了。老冯等了一会儿，投降似的半举起手连连摆动，表示自己对小孩子的举动毫不在意，然后硬生生插进一句问：

"你们搬过来不久吧？"

她们的确搬来不久，时间点和李扬所说一致，不过老冯这句是个前置问题，他接着想了解的，是突然搬家的内情，以及原本的住址。

搬家是李善斌提出来的，甚至可以说是李善斌通知的。四月二十七号上午，刘桂兰带李立去外滩玩，中午回家的时候，李善斌已经把几个纸箱打包好，下午一家人就搬来了这里。李怡诺同样也是放学才得知的消息。因为穷，家当少，搬起来倒也简单。至于理由，则是房租太贵，要换个便宜的地方。作为全家的依靠，李善斌同样也能做全家的主，对于如此突兀的变化，刘桂兰非但不以为意，反倒说了一大通儿子多年来如何辛苦支撑全家，如何以有限的条件，把孩子拉扯大。再往前说到自己和丈夫怎样响应国家号召，从大上海跑到贵州六盘水支援建设，又在那儿把李善斌养大，一代复一代，今日之艰辛如昨日重现。

所以，仅仅只是老冯关心的第一个内容，就折腾了半个多小时。到后来老冯都不太敢提进一步的细节问题了，一起新话头，老太太就要把相关事情再从头说一遍。他不得不把主要提问对象，从刘桂兰换成了李怡诺。

李怡诺小心翼翼坐在圆凳上，一手牵着弟弟，一手敛在膝间。今天她没穿热裤，清清爽爽的白T恤配七分裤，长发扎起马尾。奶奶开口时她安静地当个陪客，时不时摸摸李立的头，让他安分。

“这个孩子……”老冯开个头又踯躅起来。他想问李立身世，但当着孩子的面，多少有点不妥当。如果让老人把孩子带开，剩下李怡诺这个高一女生，能问清楚吗，李立出生时她还在读小学呢。

犹豫再三，老冯还是请刘桂兰把李立带进了里屋。

“我想单独和李怡诺聊两句。”他用了这个理由。

刘桂兰叮嘱孙女好好配合，又向老冯保证李怡诺也是个好孩子，等到里屋的门终于关上的时候，老冯一阵轻松。之前缓慢而低效的对话积累了太多压力，突然释放让老冯产生了短暂的精神失重。也许潜意识里想要把浪费的时间补回来，他竟脱口问出一句未经大脑的话。

“李立妈妈是谁？”

话说出来，老冯才意识到太直接粗暴了。

“小立？妈妈？”李怡诺有点愣怔。

“既然你爸妈已经离婚很久了，那李立当然就不是他们两个生的，对吧，是同父异母的弟弟？”既然问出了口，老冯就不管不顾地继续了下去。

“你们不是要找我爸爸吗？”

“我们要通过你爸爸的朋友，或者其他和你爸爸关系亲近的人，来寻找你爸爸的线索。”面对少女的疑问，老冯稍做解释，“所以，我们要找李立的妈妈，当然，还有你的妈妈时灵仪。”

李怡诺微微低下头。

“可以告诉我吗？这对及早找到你爸爸很重要。”老冯催促。

李怡诺没有马上回答，她沉默了一会儿，直到重新把头抬起来。

“小立的身世，要问我爸爸才比较清楚。”她说。

鸡生蛋还是蛋生鸡，老冯想。

“那你奶奶应该知道的吧。”

"奶奶她会和警察叔叔你多说几句，可意思还是一个意思。有些事情要问爸爸的。"

看见少女嘴角的那丝笑容，老冯才意识到，原来自己对刘桂兰啰嗦的厌烦，对方十分清楚。

"那你妈妈呢？"

"那也要问我爸爸的。"

迟钝如老冯，此刻也明明白白地接收到了对方传递出的抗拒姿态。

他不禁惊讶起来，重新打量面前的女孩。

今天是老冯第二次见到李怡诺。没有人能忽略她的美丽，老冯也不例外，然而原本李怡诺的美，是堤畔飘柳的美，是湖中浮萍的美，弱不禁风，随波而摆，嫩蕾初绽逢家道巨变，让人心生怜惜。可现在，收拢了唇边浅笑的女孩在凳上端坐，堂堂正正与他对视，作决然之姿。有所明悟的人才会这样，决定了放弃一些东西，以守护一些东西。怜惜之美变作英飒之风，老冯想起了王兴的话，这个女孩不像看上去那么简单。

这种多余的心情并不会让老冯困扰，三秒钟的停顿后，他开口问："你不愿意配合警方调查？"

"愿意的警察叔叔。"李怡诺把视线移开，微微垂下眼睑，又恢复了初时的模样。

"那你妈妈呢？"

“这个要问我爸爸的，警察叔叔。”

老冯点点头。

“那就是不愿意配合了，不过我也能理解，毕竟是你的父亲。但是许多基本信息，你不说其实我们也可以查到，你的抗拒是没有意义的。公民有配合警方查案的义务，你明白吗？”

“我爸爸是坏人吗？”

“你爸爸很可能和一件重大案件有关。”

“那就拜托你们快一点找到他吧。如果可以证明他真的犯了罪，你们也可以用更激烈的手段来找他。作为儿女亲人，其实我们也懂得大义灭亲的道理，警察叔叔。”

李怡诺重新抬起眼睛，两泓黑玛瑙般的瞳仁里荡漾着烟水雾波。

“所以你们现在是在抓他吗？”

“倒还不能这样说。”

“如果您还不能直截了当地告诉我，我的爸爸李善斌是个嫌疑犯，是个罪大恶极的人，那么作为他的女儿，如果我没有能够全力以赴地帮助您，还有所保留的话，也请您原谅。”

少女的话让老冯沉吟不语，李善斌有很大的杀人嫌疑，但距离“嫌犯”这个称呼，的确还差了半步。警方现在是想要从亲人那里得到进一步信息，好把李善斌“钉死”，然而亲亲相隐，只要不越底线，就无可厚非。

他试探着问："你……想知道你爸爸可能和什么样的案件有关联吗？"

泪水夺眶而出。

"不想。"

李怡诺站起来，朝老冯深深鞠了个躬。

她保持着这个姿势，把老冯留在对面沉默。直到老冯叹了口气，站起来告辞。

刘桂兰和李立出来送老冯。老冯心里想，刘桂兰作为母亲，对儿子的突然消失，并没有特别主动地向警方提供什么线索，这本身也说明了问题。她的啰嗦，既是天性，又是掩护。

除了问到两个地址，无功而返。

李怡诺是在被问到李立的母亲时，决定表明态度的，也许李立母亲和李善斌的去向有关。

"叔叔再见。"李立站在门边礼貌地向老冯告别。

老冯突然蹲下来，笑着问小男孩："你妈妈叫什么名字呀？"

"我妈妈叫……"李立上半身忽地往前一顶，话说到一半停下来，眨了两下眼睛，然后放声哭嚎起来。

老冯瞥了一眼李立背后那根快速收回去的纤细手指，站了起来。

"今天先到这里，我会再来拜访。"他对眼眶中犹自含着泪水的李怡诺说。

“好的。”李怡诺抿起嘴唇，做出十分抱歉的表情，微微欠身。

老冯摇摇头，说：“所以除了巧克力和开心果，你爸爸临走一定还是留了话的，对吧。”

他并不指望少女回答什么，转身离开。

身后传来轻轻的、颤抖的嗫嚅声。他没听清楚，转过头门已经关上了。

李怡诺在那边以背抵门，昨天，李善斌就站在这个位置，反手握着门把，看着她。她站在里屋门口，离爸爸很远很远。她很想扑在爸爸怀里，低下脑袋让爸爸重重抚摩头顶。可是她一动都不敢动，她不想进行最后的仪式，一旦做了，就代表着分别，代表着结束。这厅堂里的几步之遥是千山万水，是咫尺天涯，李善斌在海的那一头望着女儿，最后的告别梗在喉头，他开始点头，用力地不停地点头，他想让女儿知道，他是放心的，他是骄傲的，他藏起愧疚，竭尽全力地祝福。汹涌沸腾的情感托起一朵朵愿望的浪花，交溅成弥漫胸口的飞沫。

“好像啊。”

这是李善斌留给李怡诺的最后一句话。

李家之前租的屋子离得不远，在一幢同样破旧不堪的六层楼的顶层。房东接到警方电话的时候在崇明，紧急往这里赶。她人还没到，刑警就已经兴奋了起来，因为侦查员们意识到，这间房门紧闭的601室，有相当概率是分尸现场。

端倪出现在刑警对邻居的调查，目前问到的邻居都对601室曾经的李姓住家缺乏了解，这片的治安同样不好，租金低租期短，租客们流动性强且互不交往。他们印象最深的倒是李怡诺，见过一眼的都不会忘记。501室的租客贡献了一条线索，两个月前楼上漏过一次水，位置在客厅靠近卫生间处，天花板上的水渍依然可见。由于上楼交涉的时候没有敲开门，漏水也没持续太久，就不了了之了，毕竟不是自己的房子。后来发现下水管连着几天不畅通，水下得慢，501猜测是不是这个原因，让楼上溢了一次水。估计是从卫生间里满出来的，客厅防水比卫生间差，所以从客厅漏了下去。

漏水事件就发生在李家搬离的那一两天，同时也重合了被害人的死亡日期。如果说单这个还不够让人想到什么，那么负责这一片的户籍民警提供了另一条线索——“吸血老鼠”流言。这个流言一度传得神乎其神，以至于户籍警都做了点调查，好平复居民们的恐慌。流言的源头来自一只被打死的满身是血的大老鼠，民警看过那张恶心照片，死鼠通体暗红，皮毛沾染的血量显然不仅仅来自它自身。另外有几个惊恐的孩子宣称，他们在一个傍晚看见一串血老鼠从地缝里蹿出来。户籍警向居民保证，这些老鼠不过是在某处沾到些鸡鸭血，不具备攻击性。血鼠并未持续出现，似乎印证了户籍警的判断。而现在，依据血鼠出现的时间和地点，侦查员们复原了这样一幅画面。

被害人尸体在601的厕所里被锯开。大量的血、碎肉或许再加上一点点的骨渣顺着下水道排出，并由此造成了下水道的不完全堵塞。地下的生活污水隔离池并不密闭，老鼠们闻腥而至，在血水中饱餐一顿。而凶犯在冲洗浴室清理痕迹的时候，造成了浴室积水，这就是501浴室天花板上水渍的来源。

有几个侦查员在楼底下挖隔离池，想看看事隔两个月，经过老鼠和微生物的摧残，还能剩下些什么东西，希望很小。剩下的人全都挤在601室门口，要不是房东在最新一通电话里保证二十分钟准到，他们就打算强行破门了。如果那里面真是分尸现场，找到痕迹的可能性很高，完美清理血迹是件高难度的技术活。王兴说了，只要在墙上找到一星半点儿血迹，他就能搞定李善斌的通缉令。

房东是个矮胖的中年本地女性，走到六楼已经喘得像风箱。她紧张地弓起背向警察们打招呼，然后用胡萝卜粗细的手指在一大串钥匙里寻找着。

“阿是两个小年轻闯祸了是哦，我就不应该租把伊拉，心太急租客挑不对啊，造孽了。”

老冯在旁边听得不妙，问：“你这里又租出去了？”

“是啊是啊，警察同志放心，我过来没有和他们讲，我懂道理的呀，不可以打草惊蛇的呀，我顶配合你们工作了。”

几个刑警面面相觑，刚才调查邻居的时候，没人提到有新租客进来，这邻里关系也太冷漠了。

“什么时候租掉的？”

“刚刚一个礼拜不到。”

希望新租客没有大扫除的习惯，老冯想。

门打开了。

房东往里面瞧了一眼就哎呀惊叫起来，说怎么给弄成这样了啊。后面的刑警心急火燎地把她拨开，一拥而入。

地上散乱着几个彩条布编织袋和两个行李袋，胡乱地塞着衣服，窗台边的墙角堆满了烟头和果核，用过的纸巾满地都是，椅子横七竖八还倒了一把，桌子的玻璃台面上全是混了烟灰的斑斑污渍，所有这些混杂在一起，发酵出的味道绝对让人难忘。

来的都是老刑警，见惯了各种新鲜或腐烂的尸体，对新租客糟糕的卫生习惯并不介意。相反倒还放心了一些，能把住处折腾成这副模样的家伙，是没那份闲工夫大扫除的，他们只会增加痕迹而不是减少痕迹。让刑警特别期待的是每间屋子都贴了墙纸，这种廉价材料的吸附能力很强，如果沾上了血渍，就不可能彻底搞干净了。

“伊拉肯定不止两个人，要死了，起码四个人都不止。小瘪三骗我啊，这记亏死亏死了啊，白白装修了呀我的钞票啊。”

包括一只脚已跨进卧室的老冯在内，所有刑警在这一刻都把头转向胖房东，一只只眼睛瞪得溜圆。

“装修?”几个声音同时问。

胖房东被吓了一跳,结结巴巴地说:“是啊,刚装修完。”

“墙纸换过?”

“那总归要换的咯。”

“卫生间呢?”

“也全部弄过了呀,浴缸么换成了淋浴房,瓷砖全部贴过,清清爽爽,原来那样怎么租出价钱呀,现在好了。”胖房东哭丧着脸说。

几句脏话不约而同地飙了出来。

先前电话里,胖房东只知道自己要赶紧过来开门,她没想到,出问题的不是搬过来没几天的新租客,而是两个月前搬走的李善斌一家。老冯问她重新装修之前,有没有发现可疑血迹,尤其是卫生间,房东连连摇头。

“以前房间破归破,那家人弄得很干净的,哪里像这帮小赤佬。”她犹自耿耿于怀,然后一惊,问老冯:“怎么他们在我的房子里做坏事啦,你不好吓我的哦,他们看起来不像的啊,都很老实的啊。”

又是一个说李善斌老实的。

房租每月一号收,五一黄金周房东到厦门旅游,回来的时候,李善斌说不再续租,那时李家已经搬走十天了。退租的原因是付不起房租,只好另找更便宜的地方。房东看他们可怜,临时退租本应扣押金的，最后退了半个月。

所以，李善斌对李扬所说的原房东涨租一事不实。不过李善斌身上的嫌疑已经足够大了，既不缺这一条，多了它也依然没办法把李善斌钉死。说到底，现在警方手里还是缺实打实的证据。

负责挖地的那组最终也没有收获。这种滋味让每个侦查员都很难受，李善斌这么大的嫌疑，601室明摆着发生过可怕的事情，都这么接近了，到头来还是他妈的滑过去。刑警们都用不善的眼神看胖房东，就像看一个反手把球抛进自家球门的守门员。她对李善斌实在缺乏了解，重新把601室装修一遍，就是她对此案的全部“贡献”。

或许还有一点点。房东说李善斌只租了四个月，而李家前年烧了房子，所以中间他们有另外的租处。这么频繁搬家不常见，老冯心里闪过荒谬的念头，该不是每杀死一个人，就搬一次家吧。

至于原本寄予希望的技侦，今天也通报过一次进度。据查，李善斌从逃跑开始，就没有开过手机，所以无法定位。目前已经调取了该手机近期通话记录，技侦人员正在一一确认通话对象，希望可以从中找到线索。

晚上七点的时候，王兴通知专案组所有人员半小时后开会。现在到了一个关键时刻，案件卡在古怪的节点上，有了嫌疑人，有了准分尸地点，如此强力的进展之后，居然没有出现足够引导侦破方向的线索，李善斌显然是逃了，可是通缉令却发不出来。王兴要让大家来一次大讨论，看看能碰撞出什么，定接下来几天的侦破方向。

会分一点人力来做李善斌的手机通话分析吧，剩下么，多半还是要给李家人施压，老冯想，肯定得搞清楚李立的妈妈是谁。可是那边孤儿寡母的，在定不了嫌疑人之前怎么个压法？王兴估计会把这活派给老冯，这算优差，为了让他多点功劳，不过想想李家的三个人，李立的策略是哭，奶奶则是啰嗦，而李怡诺么……最好沟通，最难对付。

因为在市局楼下接了个消防的电话，老冯进专案室的时候，会议已经开始了。下午他在李怡诺处拿了两个地址，一个是之前租处，一个是被烧的原居处，往租处去的路上，老冯就给消防去了电话，这会儿情况回馈来了。一进专案室，老冯就大声打断了王兴的发言。他判断来自消防的消息，重要到足以主导这次案情会的走向，如此也就没必要藏到后面说，浪费大家的时间。

王兴的脸色很臭，但还是让迟到的老冯先说。

“李家报过两次火警，第一次是前年烧了老房子，第二次是去年十二月，烧的应该是他们租的房子。”

专案室里一下子闹了起来，烧了两次，这什么情况？没人会相信巧合。

但真正的重磅在后面。

“消防已经问过出警救火的队员，他们反映了一个情况，在火灾现场除了老人、两个小孩和户主李善斌之外，还有一个三四十岁的女人，先后两次火警都是这样。他们认为李家是一家五口，而不是四口！”

还有一个人？

多出来一个女人？

可是为什么这个多出来的“一口”，既没有在刘桂兰、李怡诺口中出现过，也没有在警方对诸多邻居的调查中出现过？

12.

李怡诺睡不着，半夜爬起来坐到爸爸床沿。

年初搬到胖房东的601室时，因为李怡诺和李立的年纪都大了，把李怡诺换到和奶奶一间房住，李立和爸爸一间。两个月前搬来这里，李怡诺坚持换回去。李善斌说了几句，李怡诺不声不响拿一双眼睛看他，他便讷讷停了嘴。每天晚上熄灯之后，这间房里此起彼伏的呼吸声提醒着彼此，某个时刻越来越近。

如今这张大床终于空了。

李怡诺不知道它会空多久。

她其实是知道的。

李立出生那段时间，她仿佛在炼丹炉里走了一遭，灼烤出一双洞察世情的火眼金睛，她明白的事情远比李善斌以为的更多。当然也有不知道的，比如爸爸现在在哪里，他到底打算干什么？

如果连自己都不知道，警察是不是也不会知道？李怡诺为自己的一厢情愿苦笑。警察的反应速度太快了，下午她的那点保留，能为爸爸争取多少时间呢？

李怡诺在大床上坐了十分钟。在这五尺之地，她更能感受到李善斌的心意，褐色如大地般绵密坚实的心意。人已远去，这沉凝的心意仍在，仍能为她的指引。她拉开床头柜，那里是李善斌留的款子，她慢慢数了一遍，取出几张捏在掌心，回到自己的床上，闭上眼睛又睁开，如此往复，直至天明。

第二天一早，李怡诺拿着钱去襄阳路服饰市场，扑了个空。襄阳路市场六月三十号永久关闭这事，全上海传得沸沸扬扬，李怡诺却忘记了。她转去七浦路，服饰大楼里低矮的空间压得她喘不上气，完全享受不到购物的乐趣。

“还是襄阳路好。”她对发根半白的胖阿婶说。

“好么当然是襄阳路好，但有什么办法，我们就是刚刚从襄阳路搬过来的呀。”

胖婶抱怨到一半，转口称赞李怡诺是天生的衣服架子，穿她家的衣服美极了，简直是专门给李怡诺设计的。

“小姑娘你有心事啊，你这个年纪老阿姨知道的呀，年纪小么就是好，老阿姨想有你这样的心事都不行咯。不过我再年轻都没有你的人样子，发愁追你的男孩子太多了对哦对？”

胖婶的男人来送货，被一把揪牢胳膊上的一块皮。

“死眼乌珠缩回来！”

李怡诺把挑的衣服披在胸前：“阿叔，你看我穿这件好看哦？”

男人憨憨地笑。

“半只脚入土的老男人屁也不懂。”胖婶骂完再转口，“不过你穿这件哦，从八岁到八十岁男人通杀的呀。”

“八十岁男人跟我有什么关系。”李怡诺放下衣服，瞟一眼男人，把两口子扔在后面，跑到其他摊位挑了件褶皱小粉裙，再转回来，杀掉标价的一多半买下先前那件，刚好用完带出来的钱。

李怡诺到家不吃午饭，空着肚子冲了个凉，换上全身的新衣服，在只够映出半身的镜子前局促地转了个圈。她双手撑在洗脸池上，凑近去看自己的脸，直到镜子里只剩下黑漆漆的双瞳，四目相对，彼此都似不认得。

李立在外面“咚咚咚咚”砸门，已经敲了很久，说姐你快出来我憋不住。李怡诺把卫生间打开，李立扎进来推她出去。李怡诺轻轻笑一笑，把簪子往头上一插，便出门去了。

午后最烈的太阳让行人放低眉眼，瞧见了一身新衣的李怡诺，便又抬一抬。她穿过一大片鱼龙混杂的区域，像云豹在灌木丛优雅行进，似有一支乐队隐在人间幕布背后，为这让人觊觎的美丽，奏乐。

她走上大路，右转，下个路口，左转。心路于脚下延伸，左曲右折，越走越快。十分钟后她拐进一个工人新村，看见了废品回收站门前的那团阴影。

那团阴影是一个人，他动起来，对少女露出晦暗的笑容。

“离我弟远一点。”李怡诺站到老头面前。

老头缓缓摇头。

“干什么要一直盯着我家？”李怡诺抬手轻拭额上的细汗，眼眶微红。

"日头怪烫人,进到荫头里说吧。"

各种各样的废旧物品和老头一起,散发出浓厚的陈腐气味,李怡诺却一步就迈了进去。

"和你妈真像。"老头把佝偻的背抬起来。

李怡诺咬着嘴唇往侧面挪了半步,再多也没空间,那个方向堆了一扎一扎捆起的烂纸板。刚刚站进来,要是就这么退出去,未免露怯。

老头看着她笑了。

"别再跟着我们,你到底想要干什么?"

"我想做什么?我不想做什么啊,我只管做我自己个份子里的事情嘛。"老头慢悠悠地说,像是在对李怡诺解释,又像是在自言自语。

"怎么我做不得的吗,我不是为自己,我为了孩子,为了俺们薛……"老头的声音含混低沉,李怡诺努力分辨着,想听清楚他在说什么。

老头忽然停下来,瞧着李怡诺,脸上的表情似笑非笑。这眼神让李怡诺浑身上下都不舒服。然后他咧开嘴,露出一口残缺的黄牙,挑起一瓣眉毛问:"你爸爸呢,去哪里啦,他过得还好不好?"

"他好得很。"李怡诺恶狠狠说,眼眶却红了。

"哦,那就好。"老头点点头,仿佛完全相信。

“不过呢，你来这里也没有用的。事情来了，你挡不了。”

李怡诺又退了半步，靠在那堆破烂纸板上，一时失去了气力。

“要怎么样才能放手，你说，说个条件，总有条件的对吗，我……答应你。”

这句软软糯糯的话说出口，老头的眼神就变得黏滞起来，那目光化作了软体生物，在李怡诺皮肤上爬动。

“你和你妈真像，”他又一次说，“但你比你妈长得还要好。”

李怡诺反手撑在烂纸板上，那里软绵绵毫无支点。对面的那句话和背地里的心思，像阴影里的毒蛇，沿着她的脚脖子缠绕上来。可她竟似又涌出力量，重新站直身子，往老头的方向迈了一步，然后顶着混浊的目光，又迈了一步。

老头呵出的气直喷到了她脸上。

李怡诺双肩舒展开，从脖颈到胸膛再到腰肢的曲线，让任何一个男人都无法忽视。她看着老头耸动的喉结，把心里那个开关狠狠按下去。视线上移，四目交接之时，在对面混浊粗短的喘息之间，她吐了一口气，把少女的气息吹拂在老头的口鼻间。

“你别再找小立了，要找，你就找我。”

老头把脸凑上去，他犹自有些不敢相信，心脏跳得快要犯病。李怡诺偏过脸，让他的嘴碰着了脸颊。

老头发出意义难明的嗬嗬声，猛地回身把卷帘门拉下来。

“别拉到底，留点光，我怕黑。”李怡诺轻声说着，在老头弯下腰的背后，拔下簪子握在手里，让长发披散下来。

卷帘拉下大半的废品回收站里，传出越来越粗重的喘息声，在开头的那几分钟里，仿佛这间黑屋子里只有老头一个人在表演。直到少女开始发出微弱且不坚定的抵抗声，某一刻她似乎高声说了一句“不”，但又被压了下去，动静随之大起来，伴随着衣物的撕裂声。

突然之间，一声尖叫响起，那声音从黑暗里穿刺出来，颤抖着挣扎着，久久不歇。

“别喊别喊，你干什么，别喊！”一个低促仓皇的声音试图把尖叫包裹住。

然而这是在午后的居民小区里，已经有足够多的人跑了过来。

卷帘门“咚咚咚”锤得山响，两三只手搭到门沿，正要合力把门抬上去，但门不知被什么东西卡住，震颤着顽固地停在原处。

尖叫止了，连同着门内所有的声音在这瞬间停歇，仿佛有海潮向后退，露出了底下的莫测深渊，这无声的涨落让人心跳都漏了一拍，空荡荡不知如何着落。忽然之间，分隔光暗的卷帘门下，涌动着黑暗的空隙里，一个身子翻滚出来，魔王的吐息里游出一缕轻烟，幽灵海里飘出一叶孤舟。

门外的人向后退，发出或轻或重的惊呼。在他们面前，把万物蒸出幻影的烈日照定一个少女，脸朝下看不清面容，支撑着要跪坐起来，却因剧烈发抖而格外艰难。她的腰脊倔强地挺直，轻薄的新衣几乎被完全撕开，零落地披挂下来。她的长发散乱着垂在地上，鲜血顺之淋漓而下。

人群炸开了。

“快叫救护车啊，叫警察呀。”旁边五十来岁的大婶喊起来。

女人们把李怡诺护在中间，卷帘门已经拉到底，老头被关在了里面。十分钟内，警察和救护车到场，带走了老头、李怡诺和几位目击证人。

老头被抓出来的时候双手抱头，大叫冤枉。警察把他拽出人群，拖上警车，短短十几米，他就挨了不少拳脚。

李怡诺在救护车上做着简单的头部包扎。声音在慢慢远离，世界仿佛灵魂出窍，万物升向高处，把少女一个人留在原地，得以享受这独属于她的安宁。

一阵又一阵的疼痛中，她放任自己的思绪迁移，神情柔和。

李怡诺不曾想到，这份安定只维持了几小时。

13.

七月一号这晚的案情会开到一半，消防又打电话给老冯，补充了一条线索。李家报了三次火警，而不是两次。

第一次报火警的是邻居，第二次报警的是刘桂兰，两次的报警人和地址都不一样，但事后是由李善斌这个户主和消防局联系接触，情况说明表格里留的也是李善斌的手机，所以归档时并在了一起。今年四月二十六日上午，刘桂兰再次报了119火警，不过三分钟后，她又打电话说火已经被扑灭，不用消防员出动。所以，李家一共报警三次，消防出警两次半，第三次消防员刚上车就解除了警报。

第三次报火警的时间点和李家搬家及不明女尸的死亡时间大致重合，要说这里面没有关联，谁都不会相信。老冯琢磨着，501室的天花板漏水，也可能是扑灭这场小火浇的水，而不是清理现场不小心。但为何漏水是在客厅浴室区域，而非容易着火的厨房，则是另一个谜团。

李家频繁失火背后的蹊跷很多，但无过于那个多出来的神秘女子。这名多出来的女人让刑警们既兴奋又意外，这个人是不是李立的妈妈，是不是后来被分尸的受害人？李家的一老一小隐瞒此事的原因可以想出好几种，不管哪种都必定和案子直接相关，可是邻居们都不提到这个女人，又是怎么回事？

七月二日，获得关键线索的第二天。王兴定了个方向，让专案组先别去碰李家，而是在外围收集线索，等有了足够把握，再一举把李怡诺和刘桂兰攻下来。如果李家真的长期住着第五个人，总会有人了解情况的。

首先就是电话复核了先前询问过的几个邻居，居然真的没人见过那名女子，所有人都反映，李家住在601室时，进进出出的只有刘桂兰、李善斌、李怡诺和李立。连胖房东把房子租给李善斌时，李善斌对她说的租住人数也是“一家四口”。

上午九点三十，老冯见到了两位消防员，他们是李家先后两次火警的当事人。与此同时，另一组侦查员则根据消防队提供的地址，前往李家去年的居住地调查。老冯预计中午前后去李家旧宅，然后把所有情况汇总，扎扎实实做足功课，晚上或者最迟明天，带着充分证据甚至一个结论去见李怡诺。也许那时候李善斌就可以正式被称为在逃嫌犯了，至少从法理上，李怡诺必须配合。

两位消防员在消防中队会客室里坐得笔直，神情严肃，仿佛要面对的是比救一场火更重大的任务。老冯觉得应该先让他们放松下来，否则太紧张记忆容易出错。然而他并不擅长活跃气氛，心里琢磨了一圈，开口却还是“破案时间紧张，我就直接问了”。

“去年十二月二十一日，出警庆村三路253弄5号102的是哪一位？”

“是我，冯警官。”

坐老冯对面左手边名叫李国栋的消防员站起来报告。

老冯连忙让他坐下来。

“咱们随便聊聊，您请尽量回忆。”

“是。”

老冯放弃挽救自己谈话水平的努力，打开本子，一边听一边记录。

“我们到达的时候是晚上八点四十二分。”李国栋看起来准备过，半年前的事靠记忆没法这么精确。

“当时火势已经不小，起火点在厨房，烧到了客厅，烟雾大。我负责侦查火情，穿过客厅冲到厨房一看……”说到这里，他忽地一咧嘴，表情变得生动了许多。

“我的天，煤气罐着了，火头窜到天花板。”

“那不是很危险？”老冯正确地垫上了一句话。

“相当危险，但这个时候要抢时间，再退出去问队长方案的话，迟一分钟就多一分钟的风险。因为平时也有训练类似的紧急情况处置，我冲上去关了阀门，然后专门定位了一根水枪给钢瓶降温。”

李国栋并不擅长讲英雄事迹，一场关乎生死的历险，三两句话就说完了。好在老冯也不是来听事迹的，当时有多危险和他此行目的无关，象征性夸奖了一句勇敢，就转问现场不明女子的情况。

对警方而言的不明女子，对李国栋来说，就是一名普通的受灾民众。原本老冯还担心李国栋记忆模糊回忆不出有价值的信息，出乎意料，李国栋至今对那名女子保持着鲜明的印象。

“其实我也就扫了几眼。有个四十多岁的男人，应该就是那个姓李的户主，在和我们队长说明情况，他们家其他人都没有和我们交流。总的来说，感觉他们家比较镇定，没有谁大呼小叫。能看出紧张和焦虑，但和我见过的其他受灾户比，要好多了。不过你问的那个中年女人，更特别一点。”

此前李国栋已经形容过那个女人的模样。当时她穿着家居棉衣棉裤，披头散发，身材高挑，没有一米七也有一米六八，看似四十多岁。她的身高与不明女尸相符，年纪超过了，但外表年龄和真实年龄有差距很正常。

“她脸上烟熏火燎，一看就是火场里跑出来的，死里逃生，受的刺激少不了。我出任务到现在，见过不少逃生民众，要么哭天抢地要么缩着发抖，像她那样我是头一次见，所以就多瞧了几眼，否则也不会记得这么清楚。”

李国栋说到这个女人，形容词都丰富了不少，看来的确是留下了特别的印象。

“她是啥样？”老冯问。

“她就看着着火的房子。那个样子并不是着急，也不惊慌，就是特别认真地看。”李国栋说到这里皱起了眉，仿佛现在回忆起来，女人的神情依然让他困扰。

“我说不好，有些东西说不上来。她的表情说是很单纯吧，但是又不对，谁能很单纯地对着自己着火的房子看呢，那可绝不是发呆，她应该是很认真地想着什么吧，所以说是看起来单纯，其实是很复杂的吧。”

说到这里，李国栋笑了笑，为自己的词不达意不好意思。

“对不起啊冯警官，有时候我会琢磨那个表情，我从来没有在其他人的脸上看到那样的表情，哦也不能这么说，是没见过谁家着火了，还能那样看着烧着的房子。如果她是在看电视，或者看一幅画什么的，就没那么奇怪了。”

这时候，老冯注意到另外一位消防员的表情有些异样。

“你想说什么吗？”

“冯警官，您是还想了解前年十月十九日下午，轻工新村 27 号 502 室、503 室的火灾情况对吧？”

“是轻工新村，不过还有 503 室？”老冯问。

“对的，是从 502 延烧过去的，起火点在 502 室。所以您也想了解 502 室里那位中年女性的情况？我想应该和国栋说的是同一个人。”

老冯点头。

“我记得她，因为那一次，她也表现得很异常，不过和国栋说的有点不一样。”

“怎么不一样法?”

“她看着我们救火,在笑。”

“笑?”

不仅老冯吃惊,连李国栋都转头看他。

他重重点了点头,表示确定无疑。

“不是很大声的笑,也许根本没发出声音吧,就是咧着嘴。但肯定不是开心,因为她又在哭。”

“又笑又哭?”

“一边笑着一边流眼泪。不知道到底是高兴还是难过,但在那种情况下,不可能高兴的吧,总之给我的感觉也是很复杂,很矛盾。我就觉得,是不是受到太大冲击,精神上有点问题了。”

他这么一说,李国栋也开始点头:“没错,说不定真是精神上出问题了,这样就好解释了。”

老冯又问了几句,但也没有更多信息了,李家的其他成员在火场表现都很正常,因此没有留下特别深的印象——除了李怡诺那让人难以忽略的外貌。消防员在救火的时候,注意力肯定都集中在火情上,如果不是那名女子的表情奇特,根本不会过多关注的。

“可能后续还会有人找你们做画像,到时候请尽量回忆,帮我们尽可能准确地复原出她的模样。”

“是。”两位消防员站起来立正。

这规矩可比警局大多了啊，老冯离开的时候想。

围绕着庆村三路253弄5号102的调查，则进展甚微。首先房东也并不确定这房子里到底住了多少人，租房的时候李善斌说的还是四个人，里面没有中年女子，房子着火那天他赶到现场，倒是好像看到李家有五个人，但当时急火攻心之下，压根儿没理会多一个人少一个人的事情。他揪着李善斌的领子让他把房子赔出来，好在救火及时房子结构没大问题，最后李善斌答应赔十二万，先给六万，然后每月五千给一年，直到现在，这笔钱都还没有赔完。邻居则普遍反映，和他们打交道的只有四个人，如果说真有第五个人，那她一定是极少出门的。那儿的邻居对于外来的租户并不热络，从没人去李家串过门，有人透过窗户见过一个中年长发女性的身影，印象也就止步于此，多问不出什么。倒是失火那天，许多人都见到了那个神情异样的女人，这只能说明她当天在李家，是否一直在，和李家是什么关系，没人能说清楚。

一个若隐若现的第五人，所有参与调查的刑警都是这个感觉。

去往轻工新村的路上，老冯在电话里向王兴汇报工作进度。

“如果说她真的是有精神方面的疾病，那倒是说得通了。”王兴说。

“是的，家里如果有人得了精神病，通常会选择尽量隐瞒，不告诉房东很正常，吃了药镇定着情绪，整天待在家里不出门，这样就自然而然变成了‘隐形人’。”

“不过老冯，这里面你想过另一种可能吗？她和李善斌到底是一种什么关系。”

“想过的。”老冯说。

“那就行。”

基于人性的无凭无据的猜测点到即止，对话就此结束。老冯既然也想到，调查里自然不会忽略。

一个长期单身的男人渴望有女人陪伴，如果这个女人有精神问题，那么这种相伴关系是否基于自愿就要打个问号。或许这就是李家所有人共同保守的秘密。

对李家老宅的调查，老冯首先选择了与李家必然产生过重大矛盾冲突的轻工新村 27 号 503，也就是被连累过火的那一家。结果证明这是个最优解，关于疑似精神病女子的猜测得到了解答，老冯猜对了一半。

503 室的白家，和李家做了二十多年邻居，对李家可谓知根知底。谈起李家，白崇德并无一点怨气，反倒是充满感慨。

“老李小李都是好人啊，就是命不好。这个社会啊，好人不长命，好人没好报，不是十年浩劫啊我们这一代人不会这样，我一直说，一个社会的公义如果失掉了……”

白崇德七十多岁，听那口气从前或许是个教书匠？年月在他肚子里沉积了不知多少委曲，拱出一座拨拨土就“嗖嗖”喷发的小火山。

李家还住在这里的时候，大约刘桂兰可以和他聊很久，老冯想。

李善斌的父亲李得功是个电力维修工，刚分到这套房子的时候，白崇德已经住着了。没过几年，李得功的老婆孩子也从六盘水回了上海。李善斌当时是个喜欢找人下象棋的初三学生，和白崇德对局时一句话都不说，眼睛瞪着棋盘仿似要把棋子都吞进肚里，气势很足。白崇德觉得这孩子是聪明的，但李善斌跟不上学校的进度，特别是英语，每个英文字母都带着口音。李得功找关系让儿子去读技校，毕业进了印刷厂。

“您还记得那场火灾吗？”老冯插进一句，把时间进度从二十年前一把拉到了前年。

白崇德怔了一下，似乎对自己的叙述被打断有些意外。他皱着眉稍微想了两秒钟，然后重重点头：“怎么会不记得，那火烧的，把李家都烧没喽。”

“对，把您这里都烧了一半。”

白崇德摆手：“你这个警察，听话可不能只听字面呐。我们家还好，人没伤到就没事情，多少年的邻居，一把火烧不光交情。都说水火才见真情，见品性，李家把房子贱卖，一半钱拿出来赔我们，要我说根本不需要这么多，糊糊墙买点家具才几个钱，要不是我家那个……”

他说到这里忽然停下，尴尬地笑笑。

“不说开去不说开去，咱们前面说的是什么来着？”

“把李家烧没不能光听字面？”老冯试着提醒。

“对对对，我那意思，不是说房子烧了李家就没了，而是他卖了房子，家底空空，从此以后就漂泊了啊。上海人漂在上海，这是没根了啊。”

眼见着话题又往哲学化方向偏，老冯赶忙问：“火灾那天，李家现场有几个人？”

白崇德又怔一下。

“什么叫几个人，都在啊。”

“一家四口？”

“一家五口啊，怎么小小孩就不算人啊？”

老冯精神头一下子起来了。

“小小孩说的是李立吧，当然算，还有李善斌，李怡诺，刘桂兰，剩下一个是？”

“还有时灵仪呀。”白崇德奇怪地看老冯。

这个名字……好像哪里听到过的。老冯使劲在脑袋里翻找，到底是上年纪了，搁十年前不会这样。

“就是李善斌老婆呀，你不知道？”白崇德说。

老冯的嘴一点点张大，然后使劲吧咂了一下。他可完全没想到，所谓不明女子，所谓疑似精神病的女人，竟然早就已经在警方视线内，却被所有人想当然地忽略了。

“你是说李善斌的……前妻？”

白崇德点点头：“倒也是不知道他们两个有没有复婚。”

“那李立是李善斌和时灵仪生的？”

白崇德嘴角牵动了一下，表情变得有些怪异。

“那不好说。”

“李善斌和其他女人生的？白老先生，我这是警方办案子，没什么不好说的，知道的可都要说啊。”

“是时灵仪的。”

“时灵仪和其他人生的？”

“我想应该是的。”

老冯原本觉得李立的妈妈是一个关键突破点，因为李怡诺正是在这个问题上表露出了明显的不配合态度，没想到关键竟然是李立的爸爸。不，也不能这么说，时灵仪和李善斌离婚很多年了，然而不管是对李家三人的调查，还是对印刷公司李善斌同事的调查，都没人提到时灵仪，所以给了警方一个错觉，即时灵仪早已远离李家的生活圈子了，可实际上时灵仪近几年都生活在李家。所以时灵仪依然还是关键人物，甚至老冯心里有一个答案正在疯狂跳动着——时灵仪就是被分尸的被害人。

“您能仔细说说吗，李善斌是怎么和时灵仪认识然后结婚的，他们是为了什么离婚的，时灵仪又是何时回到李善斌身边，并且生下了李立的。”

白崇德呵呵一笑：“你要不打断，这会儿我已经说了一半喽。”

虽然白李两家关系不错，白崇德也不可能清楚邻居家媳妇的全部底细，只能从长期接触下来的各种细节碎片，慢慢拼出轮廓。时灵仪是六盘水人，1990 年来的上海，没几个月就和李善斌结婚了。两个人在六盘水时便认得，能不能算青梅竹马白崇德不知道，反正当时大家都这么说，算是一种祝福吧。祝福是对美好未来的期待，然而未来却不由这份期待左右。

“那两个人是倒过来的。时灵仪又白又高，来上海的时候还有点乡气，很快就时髦了，像个上海人，倒是李善斌没他老婆那么时兴，有股子憨憨的傻劲。李善斌是蛮疼老婆的，说句不好听的，被吃死了，不知道的，还以为一个上海女人招了个外地的上门女婿。”

白崇德说了很多观察到的细节，从家里谁刷碗，到说话嗓门的高低，包括时灵仪和公公婆婆闹矛盾时李善斌的两头犯难，“这个时灵仪心气是太高了呀，我早就说过，女人么心放平一点，我老太婆听了还不乐意，说我思想封建。到后来时灵仪的花边新闻传出来，老太婆也没声音了。”

从六盘水到上海只是时灵仪人生规划的第一步，李善斌给她提供了这第一级台阶，她踩着要往更高处走。时灵仪最开始在纺织厂里做女工，接下来三年换了三份工作。她爱社交，打交道的都是男人，因为相貌好，也很吃得开，最后在个私营贸易公司里给老板当秘书。

“天天晚上被老板带到饭局上去喝酒。有这样一个秘书么，带出去当然有面子的呀，能说能喝。”白崇德说到这里，露出的笑容里有一半是鄙夷，另一半里藏着的东西，则对老冯来说过于复杂了。

接触的男人多了，当然各种各样的传闻也多，捕风捉影的，但也无风不起浪。小道消息连白崇德这样的邻居也听说了不少，可以说是传得很难听了。李善斌从来不说什么，在白崇德看来，他太放任自己的老婆了，宠女人也不是这么个宠法，妻管严都没听说这样的。

“没因为这个吵过？”老冯问。

“有吧，有那么一两次可能还是老李两口子忍不下去开的口，但是每一次呢，喉咙最响的都是时灵仪。”

“就是这么离的婚？”

“哪儿能呢，就李善斌？男女关系这事，他是捂紧耳朵不听外面响多大的雷啊。”白崇德笑了。

没人明着宣布，但大家都觉得，是时灵仪提的离婚。那是李得功因肝癌去世一个多月后。

“这个时间点呀。”哪怕情感缺失如老冯，也觉得这个时间是不合适的。

“有一阵子，听时灵仪说过要做生意，要去开个贸易公司。你想想她哪里来的本钱，还不是得男人支持她。李家又有什么钱呢，那时候李怡诺刚生出来，正紧着用钱，然后老李又一场大病，人没治好么钱倒花光了，还找我借过两次钱周转，可以说是家徒四壁，就剩下一套房子了。时灵仪觉得最后的盼头没有了。”白崇德收了笑，说出诛心的话。

白崇德没见着时灵仪离开时的样子，但想必决绝得很，没带走什么东西，包括五岁的李怡诺。再见到时灵仪，已经是七年后的二零零二年。

“我差点没认出来。”白崇德在说这句话前，有一个漫长的停顿，然后，他开始非常细致地形容起二零零二年春天时灵仪的模样来。那一次再见，给他的印象极度深刻。

“乡下亲戚送了一篮子草鸡蛋，我给拿了一点过去，敲开他家门，就看见时灵仪坐在客厅沙发上。我是没认出她来，和李善斌说你家有客人我就不多待了，他说那不是客人，那是小时，小时回来了。我吓一跳，进门瞥一眼的时候，我觉得那是个四十岁多的女人，时灵仪才多大啊，离婚的时候二十几岁一姑娘，那会儿顶多三十出头。不光是年纪，她从头到脚，就不是一回事了。”

白崇德在“从头到脚”这个词上加了重音，老冯觉得许是自己看错了，白崇德的脸上竟似闪过一丝骇然，又或是时灵仪的改变让他今天想来，仍然难以接受。

“从前她多挺拔的一个人，不管站着还是坐着，脊梁骨里贯着钢芯，可那天她缩在沙发上，后来我也没再见她站直过，背是佝的。她原来长头发又黑又亮，一根是一根，那时剪到脖子，白了一小半。那天她缩在电视机前面打毛线，看不出结的是什么衣服，歪七八糟的一团，也可能主要在看电视吧。那双手，啧啧……”白崇德抬起自己的手，仿佛能看到时灵仪的手似的。

“又粗又黑的一双手，我差点疑心她不见那几年下地干农活去了。我站在门口和李善斌说话，她肯定是听到的，也转过头来看我，那双眼睛一点点光彩都没有，死鱼眼珠子。我都不敢正眼看她，她这模样是遭了大难的，多看不礼貌。”

“她遭过什么难？”

“那天见她，就是有着身子的，怀了李立，得有五六个月了。你要问孩子他爹是谁，我真不知道，她神经不正常了，有时候嘴里冒出几句话，我就猜啊，她是被……”白崇德紧了紧嘴皮，没把那个词说出来。

“强奸？”老冯问。

“总之具体情况，可能只有他们家里人知道吧。时灵仪那个样子，作为邻居不方便多问，实际我们走动也少了，去他家看见时灵仪那副样子不好受啊。”

消失七年，重新出现就有着身孕，她的疯病是因为被强奸吗，李善斌是怎么把她找回来的，还是说一个疯子自己回了家？这些问题如晦暗的羽毛，在风中起起伏伏地盘旋着，一时着不了地。

“时灵仪回来之后，她和李善斌的关系怎么样？”这个问题，老冯是奔着时灵仪被李善斌杀害的预设去的。

“时灵仪变成那副样子，还有什么关系不关系的呢。善斌人好啊，收留着呗，李立出生以后也当亲生儿子养着。”

“会吵吗？”

“倒是听见过几回动静。”说到这里，白崇德踯躅起来。

“我也不知道那是不是吵，隔着墙呢，动静有点大，但也不像是吵架的声音，清零哐啷的。”

“动手了？打架？”

“说不好，说不准，话不能乱说啊。不过时灵仪脑子有毛病，我见过她发作一回，那时候都快生了，你想想那肚子，这么一个孕妇，拿了把刀开了门要往外冲，他们家三个人一起摁她险险没摁住啊，可把我吓坏了。那以后我就再没往他家里跑过。所以后来听到声音，我估计是她又发作了，在家里折腾呢。善斌可真是不容易啊。”

“武疯子啊，这么危险没送精神病院吗？”

“怎么没送，生完就送了，住了几个月。”

“好了没有？”

“比进去之前应该说是好一点，就是人的反应迟钝了，不声不响像没那么个人似的，药吃多了嘛。我猜是没好利索，时灵仪没医保，全自费，也不可能无限制住下去。”

李立的妈妈并不是李善斌的情人，和李善斌也并非传统意义上的破镜重圆，他们的相处模式和专案组之前的设想并不相同。但是白崇德提到的时灵仪发疯持刀的细节，则提供了另一个可能推论——会否是她精神病发作与李善斌搏斗，导致死亡呢？再也忍受不了持续照顾一个精神病人，长期累积的压力爆发出来，在制止时灵仪的时候，失控将她掐死了？那么李家的其他人有没有参与呢？

离开白家之前，老冯忽然想起来要去阳台看一眼。白崇德莫名其妙，但还是领着老冯上了阳台。和大多数情况一样，这幢楼家家户户的晾衣竿都是固定悬空在阳台外侧的，一墙之隔自然是502的阳台。

“你还记得当年时灵仪回来之后，他们家晾的内衣是什么样子吗？你注意过他家晾的女式内裤吗？”

“当然没注意过！”白崇德勃然色变。

老冯意识到自己问题的歧义，给白崇德赔了个不是，解释了一下。从各处角度来说，时灵仪都和被害人非常匹配，除了那条内裤上的名字——这是个要命的差异。

撇开名字不谈，三十多岁的被害女性穿着不合时宜的旧内裤这条疑点，精神病人的身份足以解释。精神病人不会注意自己的穿着，有什么穿什么，中老年款无疑比年轻款更便宜也更结实耐穿，符合李家的经济状况。

白崇德终究没能回忆出邻居家内裤的太多细节，勉强说出两点。其一，李家似乎是晾过不少红内裤的；其二，印象中不记得李家晾过太女性化的内裤，比如丝薄或蕾丝款的应该没有。

老冯赶回专案组向王兴当面汇报进展的时候，王兴面露不悦。

“你回来干什么，直接去攻刘桂兰李怡诺啊！”

“我想等等看精神病院组会不会有结果。”

上午从消防那里得到疑似有精神问题的可疑女子线索后，专案组立刻重新分配人手到原本的精神病院组，下午这个组又有了进一步的人名——时灵仪。

“你想等到确认被害人身份？”王兴皱起眉，“为什么？内裤上的针痕对不上时灵仪，你哪儿来的信心能快速确认内裤归属？现在嫌疑人在逃，我们要抢时间！”

这话说得相当不客气了。

老冯沉默不语。

“说说你想等的理由？”王兴逼他把话说清楚。

“李怡诺很抗拒，我不希望她真的犯错误，可惜了。”

王兴一愣。

“她想给李善斌打掩护。之前那个程度也就算了，李善斌不算嫌疑人，我们也问不到要点上。接下来关于她妈事情的回答很关键，一念之差就变成包庇了。她很聪明，我们如果有足够证据，她不至于犯错。”

老冯顿了顿，又补充了一句：“如果她没参与的话。”

王兴瞧着老冯，忽然咧嘴笑笑，说：“那就再等三小时，但不管等没等到结果，今天晚上你得去她家，不能拖到明天。”

他拍了拍老冯的肩膀，又说：“有点不像你了啊，老冯，怜香惜玉了？”

“她和我女儿差不多大。”

王兴点点头，又摇摇头，走开了。

晚上老冯在食堂刨饭的时候，王兴把餐盘端到他旁边。

“这案子你很拼，”王兴说了一句老冯不完全明白的话，“是真的上心。”

“快退休了，这辈子抓不到几把能拼的了。”老冯嚼着饭，含混地说。

“按理说是好事。我常常自己琢磨，干这一行，什么样的心态最好。老冯你从前那个样子呢，太靠左了一点，如果什么事都贴着案子里人的心思走，又太靠右了，中间好。”

“你说情和理？”

“一头是火，一头是冰。年轻的时候我也觉得，人心么都是相通的，杀人犯的心情也不是不能理解的，通了心共了情，那不是容易破案吗？”

“不是吗？”

“年纪越大，越觉得未必如此。我是说，其实你到不了别人那一头的。”

王兴泼了几粒饭在桌上。

“我，你，李善斌，李怡诺。”

他用筷子蘸了点海带蛋花汤，在每一粒米之间都划了一道线，将它们彼此分隔。

“一个人是一个人。要破案子，知道爱知道恨就行了，够分析了，别把心贴过去，其实咱也贴不过去。”

王兴几口把饭扒完，留下瞧着饭粒的老冯先走了。

其实王兴比老冯小了近十岁，但王兴四十岁时候的这番感悟，老冯五十岁了，才依稀明白个大半。

老冯小时候，社会学老师说人是社会性动物，天生是要扎堆凑群的，是要交流沟通情感的。他不那么觉得，后来知道自己情感缺失，也就相信了。近两年心头松动，会去想女儿和前妻了，应该是会觉得人和人近了吧，但好像又不是那样。

王兴的那几道线，不是把几个人分隔开，他说的是鸿沟吧。老冯想不到其他的词。一个人在这个世界上走得时间久了，会在脚下趟出自己的路，对他人来说，就是鸿沟。每个人，都是一条鸿沟。往别人鸿沟上搭桥要小心，别翻下去，这是王兴的意思吧。

老冯走到专案室门外，听见里面一片喧哗，进了门才知道，就刚刚，内裤的归属确定了，证实为时灵仪所有。区精神卫生中心三年前收治过一名病人，年龄外貌都和时灵仪相符，家属联系人是李善斌。这个病人的登记姓名是王雪莹，据护士回忆，她有一次听李善斌称呼王雪莹为“灵仪”，而王雪莹也曾漏过一次口风说自己另有名字。基本可以判定时灵仪用了假证件住院，原因不得而知。

老冯问王兴，这下够不够通缉。王兴犹豫再三。尽管确定了被害人身份，但还是缺乏直接的证物证人，连动机都不明确，这个通缉令估计还是搞不定。

晚上八点四十，没有电话预约，老冯突击造访李家。

进门之前，他还在盘算是单刀直入又或旁敲侧击，想得过于入神，单薄的木门却一直没有打开。他以为自己忘了敲门，一抬手，门开了。

看见头上缠满纱布，脸色苍白憔悴的李怡诺，老冯吓了一跳。

“出什么事了？”

刘桂兰在里屋对李立说了句什么，小跑着出来，铁板着脸压低声音：“下午小诺遭了那样的罪，这会儿刚验完伤从医院……”

李怡诺打断她：“冯警官还不知道。”

刘桂兰两只眼珠瞪圆，李怡诺不想多说，把负责她案子的警官名字电话讲了，让老冯自己去了解。

老冯躲进楼道里打电话，听到发生的事情，手机被握得太重，挤在脸颊上挂断了电话，不得不再次拨过去。李怡诺的至暗时刻让他呼吸不畅，这一家竟如此多灾多难，连这精灵般的少女都逃不过。然而前后所有的线索汇总到一起，他又不免暗生疑窦。

老冯再次敲开李家门，问李怡诺方不方便挪步稍微聊几句。刘桂兰骂他冷血，但李怡诺同意了。

在楼下的一个僻静角落，老冯说了几句拙劣的安慰话，然后深吸一口气，直截了当地告诉李怡诺，警方于上月发现了一具尸体，刚刚确认尸体的身份就是时灵仪。他没问李怡诺为什么只字不提妈妈，反而问了另一件事。

“你知不知道，最早发现尸体并且打电话报警的人，和今天下午想要侵犯你的人，是同一个？”

李怡诺的脸色在路灯下白得近乎透明。

这不可能，怎么会这样，她想。随即她意识到这绝非巧合。

只是一刹那，她就想明白了其中的关窍。她觉得自己也许犯了一个错误。不，那并不是错误，时间倒回去，她还是得作出相同的选择。

爸爸，我与你终于往不同的方向去了，她在心里说。这是我们各自坚持的守护。

老冯看见对面女孩的眼角渗出浅浅的泪，但她自己似无所觉。

女孩双手交叠在小腹，缓缓蹲坐下来，仰起脸看老冯。她意识到自己在流泪，泪珠折射着路灯的光芒，把老警察包裹成一团外壳晶莹的黑色琥珀。有那么一瞬间，她几乎以为看到了爸爸。不，那在黑色中挣扎的人，是妈妈才对吧。

“冯警官，我刚刚从医院验完伤回来，现在真的不太舒服。”李怡诺说。话听在耳朵里，仿佛是另一个人说的，她知道自己的语气过于平静了，警察一定知道这只是个借口，但这一刻她不想表演。

“你明天来吧，今晚让我恢复一下。我心里难受得很。”

老冯伸手要去搀，女孩拒绝了。她蹲了一会儿，慢慢站起来，独自走回楼里。

老冯犹豫了片刻，考虑要不要找刘桂兰谈话，然后放弃了。

今夜的突破口当在别处。

14.

老冯看完笔录，又等了几分钟，一个国字脸的年轻警察走过来和他打招呼。

“在审着？”

“老王八蛋不老实，”小警察的怒气溢于言表，“说小姑娘主动勾引他，一收破烂的也不撒泡尿照照镜子，是长得帅啊还是有钱有势啊，证据确凿，那么多人看见小姑娘逃出来，伤成那个样子，有啥好赖的！”

他缓了口气，问老冯：“这人和‘六一三’碎尸案有关系？”

“他是最早的报案人，我去问几句。”

老头歪坐在被审台后面，双手上铐，看见老冯进来，龇牙咧嘴地坐正。

就他这威胁性可以不上铐的，想必因为犯的事情太可恨，又不老实交待，这才一直没下铐。

老冯在他对面坐下，看了眼笔录，问：“薛长久？”

薛长久报案那会儿并没有和老冯碰上，此刻哭丧着脸，毫无意义地向老冯拼命点头，嘴里喊冤。

“你再说一遍经过。”

“我已经说过好多遍了，我说的真是实话啊警官同志。”

“你再说一遍经过。”老冯重复，“我也不和你同志。”

薛长久苦着脸开始陈述。

还是笔录上说过的那些，几遍重复下来已经很熟练了。说李怡诺在废品站躲太阳，闲聊间对薛长久性暗示，薛长久被动接受，过程中李怡诺反悔，薛长久随即让她离开。拉下门后房里很黑，李怡诺的伤是怎么来的薛长久没看清，反正和他没关系。

“聊的什么？”老冯突然打断他问。

“啊？”

“躲太阳的时候你们聊天，具体内容？”

“水，喝水的事。”薛长久嘴皮颤动，“就是天气热我问她要不要喝水，随便扯几句。”

“你给她水喝，然后她勾引你？她怎么说的？”

“她说她那个，见过我吧，挺熟感觉……唔……”薛长久含糊起来。

“就这么勾引你的？”老冯加重了语气。

“她就靠过来了呗，对啊，靠过……”

老冯把笔录猛一甩。

“想好了说！”

薛长久吓得呆住。

“每说一遍都有细节出入，忘性这么大？”

薛长久半张着嘴，好一会儿才舔舔干裂的嘴皮，喉结艰难蠕动了一下，说：“警察同志，我是紧张，太紧张，那会儿就紧张，现在抓进来更紧张，所以脑子有点，唉，就是有些小地方晃了神了。”

“小姑娘身上衣服是你撕的！抓痕是你挠的！”老冯以陈述语气说着，没给薛长久争辩的余地。

“你说你没任何暴力行为，提醒你一下，你指甲盖里提取出来的皮肤组织在化验，马上出结果，瞎说是给你自己找不自在。”

其实DNA化验麻烦得很，没那么快，甚至老冯估计这个案子压根儿就没送去比对呢，但不耽误他这么说。

薛长久的脸变得更皱了一些，他尽力让自己看上去愁苦，仿佛这样就能过关似的。

“我抓了几把，我就是抓了几把，没别的。她个骚……”

被老冯瞪了一眼，薛长久缩回了不合时宜的形容词。

“女娃真个是主动，我就……哪个能忍嘛，后来卡半截子她又说不要，这你给开的头还说停就停了？我也不是木头疙瘩呀。我发誓，警察同志，我对天发誓，她不是真的凶，她那叫半推那个啥，说我抓她，她身上才几道印子嘛，这算什么伤……”

老冯一巴掌狠狠拍在台面，站起来老鹰一样瞪住薛长久。如果是二十几年前，他刚入职那会儿流行的办案方式，听到这样的混账话，一多半警察就该踹开桌子，选个好办法让老头清醒一下了。

“几道印子？她头上伤口总长度超过二十厘米，左边鼓膜也给捅穿了！这叫几道印子？法医验了伤的！”

薛长久举起铐在一起的双手左右摆动："和我没关系啊，我能不知道这个轻重？我不想吃牢饭啊。我就抓了几把，衣服也是我给搞坏的，其他绝绝对对和我一点关系都没有。"

"被害人陈述，她为了抵御你的侵犯，惊慌之下用一个发簪反抗，推搡挣扎之间，发簪插入了自己的左耳。头上的伤口也是在反抗时受的伤，具体因何导致她回忆不起来。"老冯沉声说道。

薛长久瞪大了眼睛，一口气憋在胸口，停了几秒钟，突然大叫起来："她给我做套！给我做套！哪有自己的簪子往自己耳朵里插，她是要害我，警官你要分得清楚啊！"

老冯冷冷瞧着老头，等他自行怯怯收声，问："那你说，她为什么要这样害你？"

薛长久讷讷着一时无言。

"头上二十厘米伤，够轻伤一级，要是有严重听力损失，就够重伤。"

"不是，这不是……"薛长久慌了神，要再分辩。

"就照你说的，女孩子先同意后反悔，那就是猥亵罪。人十六岁，未成年，身上带了这样的伤，属于情节极其恶劣，上法庭奔十年往上走。但要是你们有利害纠葛，有隐情，就不一样。"

薛长久眨着眼睛，露出明显的犹豫表情。

老冯坐回去，靠在椅背上，跷起二郎腿。这套流程动作是他看多了学的，其实未必能卡准节奏打在嫌疑人的心理弱点上，但对薛长久这种没有审讯经验心理薄弱的，已经够用了。

“其实这个案子和我没关系，我要问你的，可比这罪重得多！‘六一三’碎尸案，你先发现的尸体，被害人叫时灵仪，就是今天下午，被你侵害女孩的妈妈。你说你事前不认识李怡诺？不认识时灵仪？不认识李善斌？”

老冯逼视薛长久。

“你说你去钓鱼的，那条臭水沟里有什么鱼？我看你是早知道尸体在那里！”

老冯去房间外面拿了样东西，“哗啦”甩在薛长久脚边。

一具钓竿。

“从你那破烂站里发现的。是你那天的鱼竿吧？”

薛长久说是。

“新竿。用过几次？特意买了做样子的？”

“不不不，没有没有。”薛长久慌乱地点头，然后猛地变为摇头，脖子咔咔直响。

老冯一拳头砸在桌子上：“三天内我就给你查出竿子哪里买的！说，是不是报案前几天刚买？”

薛长久跟着桌子一起抖了一下，干张着嘴说不出话。

“‘六一三’碎尸案，你这个报案人非常可疑，时灵仪是不是你杀的！”

“我哪里敢杀人啊。”薛长久嚎起来。

“那你说。你如果说不清楚，这个杀人分尸案，搞不好你就作为包庇凶手的同案犯处理了，你知不知道那个刑期是多少年？”

“是……是李善斌，我知道杀人的肯定是李善斌。”薛长久垂下脑袋，整个上半身耷拉在椅子上。

他嗫嚅了一会儿，抬起头看着老冯，问：“我交待了能立功吗，能减罪吗？”

“如果真有立功情节，法院会考虑。”

“我认得时灵仪，不过那个时候，她还叫王雪莹。”

王雪莹，老冯今天第二次听到这个名字，时灵仪进精神病院用的就是这个名字，看来这并非她临时的化名，而是曾经用过一段时间。

案情线索进展到现在，越来越离奇。报案人竟然是知情人，嫌疑人的女儿又与报案人相识，并且设法让他入了罪。

对于薛长久的供述，老冯表面不置可否，心里信了大半。那个面对警方心里仍然打着自己算盘的少女，绝对不会毫无防备地将自己置于危险境地。薛长久所说种种细节，虽然匪夷所思，但基于他与李家的某种纠葛，老冯相信，李怡诺走上了一条自己预设的道路，她甘愿付出极大代价，为的就是让薛长久有现在的下场。

事到如今，一切是如何发生的，细节到底怎样，对薛长久来说区别不大了。李怡诺表现出了反抗，现场痕迹和身上的伤情都足以证明这点，更不用提还有多名听见声音的现场证人，薛长久存在强迫猥亵行为铁板钉钉，一定会入刑，跑不了。

可是李怡诺到底为什么这样做，尤其是她显然并不知道薛长久就是“六一三”案的报案人，她是因为另一个与案子无关的原因？

老冯希望薛长久的交待能解答这些疑问。

薛长久第一次见到王雪莹时，她是个捡垃圾的。

“那时她在干什么？”老冯以为薛长久在胡扯，又或者是表述错误。他在系统里调出过时灵仪的信息，也看了她的身份证照片，即便是证件照上，时灵仪依然相当洋气。她有一张鹅蛋脸，高鼻梁大眼睛，与有着精灵般尖下巴的李怡诺相比，时灵仪的长相更大方，也更符合老冯这一代人的审美。让老冯印象最深的，是时灵仪眼睛里的那股神气，对于女性来说，这样的神气未免失之婉约，白崇德说时灵仪心高气傲，从这双眼睛里就能看出一二。

所以，老冯的心里已经有了一个关于时灵仪的形象。她回到李家后固然由于精神失常而黯淡落魄，但在那之前，她是一个典型的都市丽人，是一朵绽放的蔷薇。

蔷薇……捡垃圾？

“她戴了手套，拿一个长铗子，翻垃圾筒哩。讲究嘛，我就直接用手。”薛长久咧嘴笑笑。

“这是哪年？”

“有好几年了。”

“确切点。年，月！”

薛长久掰着手指头数，然后说是二零零一年的事，三月或四月，总之是春天。

“在哪里遇见的？”

薛长久说了条路名，看见老冯眉头一竖，连忙补充说记不太确切了，反正就在那块附近。

“是在上海？”老冯不敢相信地确认。

“是啊，上海啊。”

白崇德见到时灵仪重新出现在李家，是二零零二年的春天，可是一年之前，时灵仪就已经在离李家老宅不超过五百米的地方捡垃圾了。在她离婚的这几年里，到底发生了什么惨事，将一个如此高傲的人打落尘埃？而她既然徘徊在离前夫和女儿那么近的地方，为何要等到一年后才正式回到李家？

有这么一瞬间，老冯感受到某种特别的情绪。模糊而抽象的图景在他脑海中浮现，阴抑的预感令他想要离开房间，不去听时灵仪的遭遇。这新鲜而细微的不快感触当然不会被薛长久觉察，他继续述说二零零一年春与“王雪莹”的相遇。

拾荒者并不四处流浪，从某个意义上说，他们是有领地的，虽然那并非不可侵犯。所以王雪莹出现在薛长久地盘上不久，就被他发现了。

在薛长久明显经过了美化的言词里，他看王雪莹风餐露宿居无定所，就邀她去自己的地方落脚，虽然那就是个铁路桥底下的简易窝棚，但也挡风遮雨，两个人就此搭伙过了日子。

“什么叫搭伙过日子？”老冯问，“你们的关系什么性质？”

薛长久嘿然一笑：“不就那么回事。”

“她是自愿的吗？”

薛长久赌咒发誓。

老冯沉着脸。这老头明显不是个能管住自己裤腰带的，但时灵仪已经去世，死无对证之下，纠结于此没有意义。他让薛长久继续说下去。

薛长久舔舔干涩的唇皮，嗯了一声，又唉了一声，好像有一大堆话堵在喉咙口，打了个转吞回肚子里。

“反正就这么过呗。然后到下半年，秋天，忽然她就翻脸，操刀子来砍我，样子可吓人。那是真砍啊。我看她神经病发作，赶紧跑了，篷子也留给她不要了。”

老冯摇摇头。

“你没兴趣立功减罪，我就不在这里瞎耽误工夫了。”

他站起来作势要走，薛长久连忙哀求，说自己全力配合，而且讲的全是真话。

“‘六一三’碎尸案，时灵仪是被害人，发生在她身上的所有线索都可能和案件有关，你要是故意藏着什么不说，那就是不配合。”

“哎警察同志，我就是觉得那和她死掉没啥关系。”

“有没有关系我会判断。”

“好的好的，这王雪莹吧，哦后来我知道她叫时灵仪，不过我还是叫她王雪莹顺嘴。她话少，也不说过去是干啥的。我懂，搭伙过过指望不了长久，谁还没点秘密呢，她不爱说我也就不问呗。但她心里有事情，这我能看出来。来我这儿呢她也不往外跑了，都是我在捡东西卖，等到夏天过完，她转了性又要出去转悠了，你说出去就出去吧，她还……她还……”

“还怎么了？吞吞吐吐的，不能说？”

“不是，能说能说。就是她不让我碰了。好端端的，没吵没闹过，突然死活不让碰。不碰就不碰吧，我寻思着过几天搞不好又想通了呢。”

死活不让碰。老冯听见了这个词。搞不好又想通了。先前的不适感再度袭来。

“后来我琢磨着，她到底出去干啥了，就跟着她。你猜怎么着，她绕个小学在兜圈子，到放学就藏在书报亭后面偷瞟个小孩子，现在我知道了，那是她女儿。晚上我就问她，她还是一句话不说，还是不让我碰。她那是真不让碰啊，手都不准我搭上去，我，那个可能……”

薛长久说到这里舌头打了个结。

"我脾气梗嘛，偏要碰一碰，她忽然就发疯了，操起刀砍。我屁滚尿流逃到外面，她倒是没跟出来，在里面砍空气啊，还尖着嗓子笑，还和人对骂，哪里有人在里面啊。我是吓死了，她鬼上身了。第二天我回去，走到外面听她在里面念啊念，偷偷看一眼，她一个人在比划。我真怕了，索性回老家。过完年，零二年春天我再来上海，去看过，她不在了，但我也不敢住，邪气，就开了现在这个废品回收站。过了一阵子，我碰见她偷偷去看过的那个小女孩，就多生了个心眼儿，没事就去小女孩家附近收废品，也是还惦记着她咯，看看能不能再碰上。"

老冯想，这人究竟是傻还是坏，真不明白时灵仪突然不让他近身，是因为终于看见了自己女儿，不堪再度受辱吗？

"你又不怕她拿刀砍你了？"

"后来我回想，觉得她应该是疯病，发作过兴许就好了呢。我这人就是，唉，记吃不记打。"薛长久努着嘴作出让人嫌恶的讨好表情，看到老冯依然铁板着的脸，又连忙把笑抹平。

老冯示意他接着说。

"我以为王雪莹还睡哪条大街上哩，我就琢磨嘛，但凡她还惦记这个小女孩，总有碰着的那天。那一回李家卖旧报纸，我上门称重，正正撞见。她肚子大得快生了，扭过头装不认识我。我碍着她男人在眼前，也没说啥。原本着么，我们两个就那一段，多深的感情是谈不上，有人照顾她也好。我听到小女孩儿喊她妈，才晓得她们本来就是一家子。”

说到这儿，薛长久停了一停，鼻孔里呼哧呼哧的，突然之间就激动了起来。

“我下了楼，她那模样还在眼前晃。她那个肚子！我算着时间啊……”

薛长久噗哧一声，竟然笑了出来。

“那肚里的种，可是我的呀！我有后啦！”

薛长久咧着嘴，脸上的皱纹在这一刻都打开了，两只眼睛放出光来。这是真的七情上脸，今天晚上审到现在头一次。

李立的生父竟然是他。

先前薛长久说到他与时灵仪的关系时，老冯就已经有所猜测，然而此刻明明白白听他说出来，老冯还是在心里感慨，这世道，这人间。

李家不易。时灵仪自不必说，精神失常、露宿拾荒、不清不楚地怀了薛长久的孩子，相比离婚前的生活，她可以说是坠入了深渊。而有这样一个母亲的李立，抚养李立的李善斌，乃至李怡诺和刘桂兰，这家的任何一个人，往前踏出的每一步，怕都是从泥泞中拔起腿来，又复深深陷落入泥泞中吧。

薛长久却是体会不到李家难处的。他就活在浊世污泥中，压根儿不觉得这世上有轻快干净的地方。他死死盯着李家，待到李立出生，更吃准了时灵仪的怀孕时间。有时刘桂兰抱着孩子在小区里散步，他会凑近了瞧一眼，那小小的眉眼口鼻，怎么看怎么像是自己的种。王雪莹又或时灵仪于他早已不重要，一辈子光棍，突然之间有了个儿子，每每念及这天赐之事，都是禁不住的狂喜，所以心心念念，就是要想法子让李立认祖归宗。

薛长久也明白，以他和时灵仪不清不楚的关系，加上他的境况，要把李立带走很不容易。

"我也不想闹到要打官司嘛。"他说。

实际上，直到今天李立五岁了，薛长久都没有通过司法途径要回儿子的举动，老冯猜想，除了对利用法律的不适外，一定还有其他原因。比如怕时灵仪反告他强奸，就算缺证据法院判不了，但想再争夺抚养权就悬了。

自个儿心里到底转过多少念头，薛长久当然不会一五一十交待给老冯。他只说，等李立长到两岁时，实在熬不住，找上了李善斌。

"那时候我找他讲那意思，娃是我的，他家也不容易，我给五万块钱，娃我领走。他当然知道那不是他的种，说是我的，他好像也没有特别吃惊，但那个人……"

薛长久咝咝地从牙缝里吸凉气。

"揍你了？"老冯理所当然地问。

"说揍么也不算吧，但他那模样，嘿哟……本来是我讲，他叼着烟听，也不说话。我想好他发作的，但这事儿我实在没办法，憋不住了，挨他一顿打，只要打不死我，就得说明白说清楚，看看有什么路好走。他那根烟都没抽完，我想我也没说啥戳他心窝子的话呀，他就炸了。”

“怎么个炸法？”老冯看他心有余悸的样子，问。

“他‘嗷’地吼了一嗓子。”

“就吼了一嗓子？”老冯不理解。

“他本来低着头抽闷烟，也不知道有没有在听的样子，突然冲了一步上来，揪着我这里把我拎起来。”

薛长久双手反抓着自己的领口，演示当时的情形。

“他吼的时候，烟都没抽完，烟头直接掉进我衣服里了，给我肚子烫得呀，但我也没顾得上痛。他表情太吓人了，那一声叫哦，里面那个恨呀，三江五海的恨，寻仇厉鬼才有的恨，他是拼着一身剐都要……都要咬一口我的肉的恨。”

说完这一句，薛长久沉默下来。

“然后呢？”

“他放我下来，转头走了。我脚都软了。走南闯北这么些年，我也见过不少人，看他这样子，虽然不知道是哪里来的那么多恨，但肯定不会把儿子还给我咯。别看他平日里老实，蔫人出豹子，惹不得的。可是我要怎么办啊，不甘心呐，只好在旁边候着，看有啥机会。等着等着，我也就有点明白了，那个时候王雪莹远远瞅自家闺女，心里是真不好过呀。”

“你就这么在旁边看了几年？他们搬家你也跟着？李善斌知道吗？”

“怎么不知道？我不用挪地儿，反正再怎么搬，李善斌还得上工，他女娃还得念书，跑不远。我没事就去他家附近收破烂，不说三天两头吧，一个月总得撞见他几次，他当看不见我，我也不会上去找晦气。他们家除了我娃和王雪莹，其他人估计都知道我是怎么回事。”

“所以他们家遭的那两场火，你都看着了？”

“救火队灭火的时候我看着了。”

“时灵仪是怎么死的，你也看着了？”

薛长久被问得一激灵。

“那我没看着。但我见着他扔尸体了。”

四月二十七这天，薛长久看见李家再次搬家。前两次是因为火灾不得不搬，这次却不晓得原因。格外引起他注意的是，他没看到时灵仪。其他邻居不知道李家实际是五口人，薛长久自然是知道的。他一开始没往坏里想，觉得许是早搬一步，又或者送了精神病院，毕竟他也不是时刻盯着。心里总归是有狐疑，第二天就发觉不对了，一大早在街上看见了李善斌。那是上班时间，李善斌却明显不是往印刷公司去。薛长久跟不上李善斌的自行车，但看他的方向，心里却有了个猜测。他先把收旧货的板车拉回回收站，再去了李家原本的住处，果然在楼底下瞧见了李善斌的自行车。

“我候了会儿，不见他出来，中间吃了顿中饭，回去他那自行车还是没动。下午我去收废品了，心里惦记着，五六点钟又去看了眼，还在呢，我都疑心自己认错了车子。我心里想，搞不好王雪莹没搬，他们分开住了？我上楼贴着他家门听，里面没动静。我就奇怪了，要是听见他们两个说话或者吵架，哪怕王雪莹发毛病在里面翻天，这都正常，否则李善斌回一个空屋子待这么久，为了啥？我站在门外琢磨，到底李善斌在没在里面呢？越想心里越闹腾，索性我进去瞧一眼。”

“你进去？”

“我这走南闯北的，违法乱纪的活儿咱不能干，不过一些鸡零狗碎的小本事，多少会几手。”

这番表白择清之词，老冯半个字都不信。想想那可是晚饭前后，哪怕是六楼也随时会撞见人，房间里多半还有一个李善斌，不能悄没声地几下子开锁，他敢这么干？有这样的技术，还随身备着铁丝之类的玩意儿，成天里走街串巷的，嘿！

当然，事有轻重，而且现在办案讲证据，所以老冯也不打算说什么。他等着薛长久说出一段关键故事，却见老头儿脸色白了白，右手轻按心口，深深吸气，这才描述起当时的情景来。

“开了锁，我慢慢慢慢地把门推开一丁点儿。我感觉不好，所以特别紧张。门开一条缝，我候了候，里面要有反应我就跑。有个奇怪动静，吱吱嘎嘎像锯木头。听这声我不敢推门，又看不清里面情况，琢磨了有两三分钟吧，想要不要把门再推大一点，那动静突然没了。然后就有走路声音。我正要跑，却发现不是冲我来的。后来我知道，那是李善斌从厕所出来，大门开了条缝他没注意到，真是阿弥陀佛。我听见他在房间里打电话，说在加班不回家吃晚饭，打完电话他走回去，声音又响起来了，我才敢把门合上。下楼的时候，我腿肚子都在抽筋，一身的白毛汗。”

薛长久说到这里，额头真出了层细汗。他抹了一把说：“这要是被发现，我就交待在那儿了。不过那时候我还不知道他在干什么，就吃定准是见不得光的事情。我守着楼，看他什么时候出来，一直守到半夜一点多，他拎了几个黑塑料袋骑上车走了，我上楼，开门进去了。”

他干涩地咽了口口水。

“推开门，我就看见，我就看见，空空荡荡啥都没留，就几个大黑塑料袋子放在厅里。我都不用看，口子没扎，血味儿满屋子都是啊！但我还是看了，看了一个袋子，是胳膊。去厕所里瞄一眼，锯子还在那儿呢。我知道他一定还得回来，赶紧走了。”

“当时怎么没报警？”

“我都懵了，他真能下得去这手啊，分尸啊。我报警，万一人没抓到，我被他找上门怎么办，他都杀一个了，也不在乎再多杀我一个对吧。我是真怕，他干出这种事情，那就是大匪啊，我老头子可没活够。但是我多生了个心眼，回去骑了车出来，他扔最后两个袋子的时候，我跟住他瞧见地方了。接下来我想啊，这么大的案子，得发案吧，结果等不着，他扔了那么多袋子，没一个被发现。我觉得这样不行，这样他不就逍遥法外了吗?”

“逍遥法外”这个词从一个坐在被审席上的人口中说出来，让老冯觉得有点滑稽。薛长久干过多少犯法的事儿不提，他肯定不会对法律有啥敬畏之心。

“我琢磨了好些天，得有个保险法子，把这个案子翻上来且不显出我。所以我才假装钓鱼，捞出袋子来报警。我想着，你们顺着查下去，多半能查到他身上。这样他被抓了，也不知道跟我有关系，对不对。”

老冯没有回应，在心里把薛长久说的话过了几遍。薛长久受到惊吓，不敢明着报警，这话他信一半。既然惧死，冒险跟着李善斌看他抛尸的勇气又从何而来呢，不怕被他当场发现？矛盾吗，未必。再怎么吓得腿软，也要捏到一个关键证据，说明薛长久也有他自己的坚持。但那绝对不是法律层面的公平与正义。

“只要李善斌还在，你就拿不回孩子吧?”老冯问。

薛长久呆了一呆。

“时灵仪，李善斌，一个死了，一个被抓，这样就没人能挡着你要回孩子了。”

李善斌杀死时灵仪，对薛长久来说简直完美，两个最大的阻碍全都消除了。可是薛长久许久等不到发案，熬不住要去揭盖子。杀人分尸手段这么残忍，他不敢轻举妄动，万一被李善斌知道，反应过来他是为了争孩子，找上门怎么办。李善斌显见得是不怕死的，薛长久怕。所以他用了一个非常自然的方式曝光案子，这样李善斌哪怕逃在外面，也绝不会把矛头指向他。等到李善斌被抓，再要回孩子就会容易很多。李怡诺刘桂兰和李立既没有血缘关系，也没有足够的抚养能力，哪怕让法院判，两害相权也只好判给薛长久。

老冯想到这里，摇了摇头，对薛长久说："可惜，现在你要比李善斌更快蹲监狱了。"

薛长久腮帮子抽动起来，一时哑然。

"但你放心，我们会很快把李善斌抓捕归案的。"

15.

李怡诺取出一张照片放在桌上。

刘桂兰特意带着李立避出去了，留李怡诺独对老冯。

“我想你们总要看看这类照片的吧。就先找出来了。”李怡诺说。

老冯拿起照片，这是一张时灵仪的生活照。他想应该是，尽管照片上的时灵仪和身份证照片有着极大区别。

照片是在外滩拍的，背景是人民英雄纪念塔。时灵仪一身浅黄色风衣，没有扣扣子，只以腰带扎着，披一头长波浪，面向镜头盈盈浅笑。她眉似黛眼如漆，江风拂起发梢，春日娇颜，便是印在一张固定的相片上，也流转出让人心驰的神韵。李善斌站在她身旁，许是高跟鞋的缘故，矮了时灵仪几分。他没戴眼镜，穿件灰色夹克，揽着时灵仪咧嘴笑。两个人都是二十多岁的模样，站在一起，一高一矮一白一黑，实在难说是“一对璧人”。就人物风貌论，正如老邻居白崇德所言，不甚般配。

看李善斌紧紧抓着娇妻唯恐有失的模样，老冯实在难以想象，正是这同一个男人，在多年后残忍将其杀害，并分尸抛弃。人心之叵测易变，还有过于此的吗？

照片左下角有拍摄时间：1995.3.11。其时正当春光明媚，万物生发，两个年轻人在这样的时节，不该对未来的人生抱以最大的期待，向往着更好的生活吗。或许，彼时他们正是这样的呢。相片薄纸，如人生匆匆之一隙，一隙之间一纸之后，有多少让人不忍之事？

有了证人之后，对李善斌的A级通缉令在今天凌晨就发出了。老冯今天来，除了希望得到抓捕李善斌的线索，也想探究这不忍之事，是如何发生的。照片上春光中的两人，怎样一步一步，走到了生死两分的最后时刻。

“这是我能找到的她最近的照片了。我妈回来以后，就没再拍过照片。”

老冯放下照片，开口却说了另一件事。

“一般情况，薛长久，”

他忽地又停下来，瞧了瞧低眉垂目的李怡诺，问，“你知道这个名字吧？”

“我知道你说的是谁。”李怡诺答，连眉梢都未曾动一动。

“以我的经验他会判个四五年。你伤在头顶，脸没事，听觉神经没伤的话，听力也会恢复，所以法医鉴定不到重伤的。他减个刑三年多也就出来了，如果你指望他会在牢里呆上个小十年，不太可能。”

“足够了。”李怡诺说。

老冯倒是一愣。他说这话，没料到李怡诺会应和，他以为李怡诺肯定会装傻，否认薛长久此番是入了她彀中。

“我十六岁，今天我都不怕他，再过个三四年，还会拿他那样一个从牢里出来的糟老头子没办法吗？”

说这一句话时，李怡诺微微低着头，语气平缓面目恭肃，连眼皮都不曾抬一抬。但不知怎的，老冯却生出了一种错觉，恍惚间仿佛看到对面的少女挑眼拿他一瞧，如阳光下平静湖面的微波忽地折射到某个角度，有璀璨滟光一闪而过。

这样的少女，真是让人……一时之间，老冯却不知道该怎样评价。甫一见面，先是直接拿了时灵仪的照片给他，再是对薛长久之事毫不讳言，显然一夜过后，她已对形势有所判断，接下来关于案情的询问，不会有太大难度了。原本准备的许多说服话语，自然也不必摆出来。这样一个人，说不怕几年后出狱的薛长久，老冯信。李立在李家养大，也必然更倾向李怡诺，而非亲生父亲薛长久。以弱柳般的窈窕身姿，行昨天那番凌厉举动，在十六岁的年纪，心智决断样样不缺，换了其他人或许不是叹服就是畏惧，可老冯却隐隐约约，生出了些许柔软的怜惜。

她十六岁，没有了母亲，也快要没有了父亲。

“你和弟弟的感情很好啊。”老冯说。

“是我弟弟啊。”李怡诺回答。

莫说同母异父的姐弟，就是血缘更近一步，能做到这样的，真有很多吗？

“有你这样的姐姐，是李立的福气。但真想照顾好他，光凭着昨天的事情,也是不够的。”老冯这样说着,却心虚起来。自己对女儿又如何?

“嗯。”李怡诺应了一声。

短暂的冷场,最终还是李怡诺抿了抿嘴,把视线从桌面移到了对面的老冯脸上。

“您今天来,想问我爸,还是我妈?”

老冯没来由地松了口气,然后又觉得不对,因为他接下来要说的话,可也一点都不会轻松。

“薛长久目击了你……李善斌深夜丢弃时灵仪的尸体。所以现在,‘六一三’案的头号嫌疑人就是你爸。”老冯一度试图在这句话里不要出现“你爸”“你妈”这样的指称,但还是没能做到。

仅此一句话,残酷的图景已拉开在这位女儿面前。

李怡诺却只是说一句“是这样啊”,老冯甚至判断不出她的语气,是疑问,是惊讶,还是陈述。

“对李善斌的通缉令已经下发了。我今天来,希望可以得到你的帮助。和这个案件相关的信息,需要你说清楚。”

“我真不知道他现在在哪里。他毕竟是一个父亲,这样的时候,没做什么让我为难的事情。他离开得很干脆。”

“一个父亲。”老冯点点头,“但他同时也是一个丈夫。”

“不,他不是。他们没复婚!”李怡诺脖子一梗,脸上掠过一抹潮红。

老冯注意到了女孩突然激动起来的情绪。

“好吧，那么，先说说你母亲。对她的被害，你好像并不太意外，也并不很伤心。”

李怡诺平静下来。

“那天下午，爸爸在校门口等着我放学，说搬家了。他直接把我领到新的住处，说原来的地方涨房租了，而我妈妈……他找到一家愿意收治的精神病院，已经送进去了。奶奶和李立早在了，东西大多数也搬过去了，傍晚爸爸又跑了一次，把剩下的东西搬好了。我们确实也没有多少家当。”

“这是哪一天？”

“四月二十七。”

“这么仓促，你真的没有怀疑过什么吗？具体送到什么精神病院，你没想过去探望吗？”老冯盯着追问，李怡诺这样不紧不慢的语调，真是让他难受极了。

“那天早上，我爸让奶奶带着小立去城隍庙玩。我猜她们回来的时候，爸爸也说了类似的理由吧。我爸借了公司的车搬东西，和李叔两个人搬好的，没让我们帮忙。”

“李叔是李扬？”老冯插问了一句。

李怡诺点头。

“现在真要想起来，妈妈那时候应该还在家里吧。在床底下吧，也没其他可以藏人的地方了。我妈去了哪个医院，我没问过，奶奶也没问过。你一定很奇怪吧，我们不问。你肯定在想，是不是我们和爸爸一起，杀害了妈妈？”

老冯不说话，两只眼睛紧紧盯住李怡诺。

“就在前一天，四月二十六，我妈差点一把火把屋子烧了。火扑灭以后，我妈跪在地上，抱着我爸的腿求他。那时候我在，奶奶在，甚至小立都在。她什么都不顾！”

这句话里有太多的信息，老冯紧着最重要的问。

“求你爸什么？”

李怡诺情不自禁地露出了一种表情，这表情让老冯想到庙里的佛像——无言而悲悯的凝望，此刻在李怡诺的脸上又更多了几分讥诮。

“求爸爸杀了她。”她神思不属地说出这句话，仿佛又一次听见了那歇斯底里的哭嚎。在这一刹那，李怡诺连通了父亲，感受到了李善斌在那一刻的心情。痛自骨髓中起，闪电般把她贯穿，将她击溃，与之相比，昨日发簪穿耳的痛苦根本不算什么了。爸爸，她轻呼了一声，对面老警察的身影顿时模糊在奔涌的泪瀑之后。

这是老冯第一次看见一个人，在转瞬之间，从原本的镇定，崩塌成如此的涕泪横流。他看着李怡诺撑着桌子踉跄站起，冲进卫生间，听她在里面拧开了水龙头，嚎啕大哭。他不知道该怎么安慰她，只有坐等她自己安定下来。好在他并没有等太久，几分钟后，李怡诺重新回到他对面，除了通红的眼睛和鼻尖外，再看不出刚才失控的痕迹。

“我妈走的时候，我还没有现在的李立大。”李怡诺的声音比正常稍低了一分。

“那个时候的记忆，我已经分辨不清了。她给我织过帽子吧，给我唱过歌，教我认天上的星星，这些……”

李怡诺耸耸肩：“里面肯定有些是假的，她走的时候，我实在太小了。当然我会问爸爸，他就给我反复说，说妈长什么样子，有多喜欢我，说妈总有一天要回来的。我对妈妈的记忆模糊下去了，他说一遍，我就清晰一点，模糊，又清晰，这样一遍一遍地轮回。我妈啊……那都是爸造出来的，他编了个梦给我，最好的妈的样子，最好的老婆的样子。他说妈妈执行任务去了，特别关心我，一直在信里问我，他说妈妈天亮前刚回来过，只是没有叫醒我，给我留了一条她织的绒线围巾。蛮暖和的，后来有一天，我知道了围巾上的那个图案是恒源祥的商标。再后来，我就不问了，一句不提。”

说到这里，李怡诺却微微笑起来。

“我还是傻，想想看，我爸真的是喜欢她呀，说起来的语气，看着我的眼神……他说给我，也是说给他自己。我不问，他就再也没有人可以说了。多遗憾啊。”

老冯有点憋闷，莫名的东西开始在心口积攒。这些年他见过太多歇斯底里的人，悲痛、愤怒、绝望、悔恨，剧烈的情感就在面前炸开，他却无所触动。但是此刻，李怡诺平静地叙述着，很偶尔的，会有微微低沉的语气，会有稍稍波动的声调。她努力收敛着，却在老冯的坚壳上凿开一个口子，从里头汩汩流淌出来的，既陌生又熟悉，那是难明的情绪，是牵杂的联想，甚至还有属于他自己的回忆。

这宗案子，这宗他打算下个月在广屋小隔间里对冯小瑶说上几句的案子，这宗一名父亲在四十九岁拼尽全力终获荣耀的案子，竟有着这样的细节。

“零二年的时候我妈回来了。我爸在街上看到她，把她给带回来了。当时她在街上捡垃圾，而且精神不太正常。”

李怡诺停下来，深深吸了口气。

“我爸带她进门，让奶奶顾着先洗澡，把我叫出去。我跟着他走出去三条马路，然后他停在街角，告诉我那就是我妈。他说我妈这些年一定受了很多苦，现在终于回来了，一家人团聚了，这是好事。他让我……先别问太多。”

“我就真的没问。”李怡诺看着老冯，平静的眼神中收敛了太多情感。

“我能问什么呢？他就像指着天空中飞过的一只大雁，说看，那就是你妈。我只需要笑一笑，他在讲一个童话，讲一个笑话，那没什么好问的。可惜我碰上的不是一个童话，我往他指的地方看，那儿是什么东西在飞啊，我看不清楚啊。”

李怡诺突然停下来，侧过脸闭了闭眼睛。

“对不起，我……总而言之，我也没什么好问的，反正她这些年没活好。”

李怡诺语气轻佻地说着这几句话，却连老冯都骗不过。

“那些年她到底碰上了什么，我爸大概知道多些，肯定也不全。不能多问，否则她受了刺激要犯病的。她有一个本子，现在应该在我爸手上，上面写了点东西，我猜和离婚那几年有关系。那本本子她看得很紧，尤其是对我。要我猜，那些事情也许……类似姓薛那家伙吧。”

“他们两个的事情，是你妈后来说的?”老冯问。

“当然不是，但我爸决定让我妈把小立生下来，当自己孩子养，血缘总要想法子弄清楚。我妈捡了那么久垃圾，有不少人见过姓薛的和她在一块儿，不难打听。”

老冯揣摩着李怡诺话里的意思，心想果然时灵仪是被薛长久强迫的。他心里存了一个强烈的疑问，乃至生出罕见的震撼之感——李善斌竟然选择抚养了这个孩子，而不是打胎？一个对生命抱有极大善意的人才会这样做呀，李善斌怎么可能有这样的一面呢?

“我妈生完小立，有段时间住在精神病院，她没医保，钱用光就只好出来，病治了一半。时不时的还是会发作，好在发作的时候不会再拿刀子砍了。”

李怡诺顿了顿，嘴角冷冷地弯一弯，说：“她改放火了。”

老冯“咝”地抽了口气。

“没错。我家前后几次火，全都是她犯病时放的。她想烧了看见的每一样东西，想烧了自己，想烧了这个世界。”

“为什么？”老冯问出这句话，就觉得有点多余，那可是个精神病人。

“因为脏呀。烧成一片白茫茫大地，多干净。你知道她哪些时候容易犯病吗，电视剧里一演到女人被强暴她就受不了。她整天在家看电视，怎么防？被我们扑掉的火头，数不清有多少。那次奶奶抱小立下楼晒太阳，家里一把火点起来，彻底着了。家烧没了。等她清醒过来，又嚎又跪，折腾过好几次，说不想活了，不要拖累我们。我爸往好里劝她，说病肯定能治好，日子能过下去，一切都会好起来。”

说到“会好起来”，李怡诺静默下来，似乎在想什么。老冯看着她，心里生出的复杂情绪完全分不清辨不明了，只知道自己这会儿不应该说话。

“然后我爸对我奶奶千叮万嘱，让她一定看好我妈。可这么大一个活人，真想干啥，怎么看呢？也就一年时间，给她放成了第二把火。那回我家就开始借钱了，现在李叔那儿还有八万块钱账。我妈又来了，撞墙撞门撞地，跳着脚说不要活了，求我爸把她杀了。冯警官，你知道吗，她还求过我，求我杀了她。一个当妈的。”

李怡诺终于嗤笑出来。

“她真不想活，为什么不去自杀？”

“是啊，她为什么不自杀，我就这么问过她。她说她自己下不去手，怕，爬上窗台腿软，割腕又太痛。死这样的事情，她非得拖一个人不可！”

李怡诺说得眉毛慢慢立起来，又渐渐平复下去。

“有一次我问我爸，问他觉得值不值得。我爸说，她和我们所有人都不一样，她太孤单，这个世界上，她就只剩下他了。我说爸，你就给我示范这样子的爱情吗？”

李怡诺的声音低下去，爱情两个字化作了一团叹息的云雾，她合上嘴，把一切收拢、吞落回肚里。她觉得自己说得太多，毫无必要，习惯了一层一层披挂整齐，忽然卸甲，不堪承其轻。

犹记得当时，她挨着爸爸，肚子抵着阳台的水泥栏子，上半身探在外面，仿佛身在虚空。两根晾衣竹竿上的衣物微微摆动，前幢灰秃秃的楼顶横亘着，视线越过它，再往上，渐暗的天与地相合之处，铺着翻翻滚滚的垂落在清与浊之间的火烧云，她想那是世间最大的绚烂了吧，只在夜幕降临前片刻留驻。彼时她听见爸爸在旁边说话。

爱不爱情的，到今天这个样子，不说啦，但是谁让我在街上又看着她了呢。老天把她重新摆到了我面前，好叫我记得，也好叫我问问我自己，这个人啊，我是答应了要保护她的，今天她这个样子了，我说过的话，发过的愿，还算不算数呢。她没有别人了，浮萍一样飘过来，我伸出手，把她够着了。小诺，就是这样子，够着了，我能再松开吗。只是苦了你们，对不起啊，小诺，我也代你妈说一句对不起。

我懂的，爸爸。

“四月二十六，我妈又放了一把火，如果这回再烧着了……再烧着了……”

李怡诺念叨了两遍，忽地粲然一笑。

“再烧着了，也就那样吧，赔钱，搬家，借钱，反正天早就塌过了。然后她又喊着要去死，不，说错了，是又要我爸爸杀了她，要我帮个忙，再下去，她该去求小立了吧？我爸给她吃了镇定药，自己在厅里呆坐。我问他，他说，实在是太苦了。”

“你爸那时候觉得日子过不下去了？”

“不，他是觉得，我妈实在活得太苦了。但这苦，不是她自己生生活出来的吗？”

李怡诺一双眼睛直勾勾盯着老冯，像在质问着他。老冯仿佛听见，在这世情的荒原中有一道闷雷贴着地黯然远去。他知道她并没有真的在问，也不曾真的想要寻一个答案。

她太早品尝到人间滋味了，老冯想。

他避过李怡诺的目光，再次望向桌上的那张照片。

如今看去，已经和初见不同。

拍摄时间让老冯想到了什么，问道："九五年？他们是那年离婚的吧？"

"四月离的婚。"

老冯想起白崇德说的话，这么说来，拍摄这张照片的时候，李善斌刚刚丧父，他和时灵仪的关系，也因此催化到了关键时刻。他急切地揽着时灵仪，那手却是紧张僵直的；他脸上的笑容过分夸张，但眉宇之间，又藏着不安与悲伤，所有这些外化的痕迹，都是他挽留妻子的徒劳努力。而时灵仪的笑容虽然浅淡，却轻松自在，想必她已经下定了决心，要离开这个男人，离开这个家，甩掉羁绊去拥抱新世界，展开新生活。她在这江河向海之处，丈夫的臂弯之中，笃定着自己会迎来美好的未来，所以，才会有这样春天的芬芳笑容啊。在那毫无音讯的几年中，她到底遭遇了什么，将她曾经的傲骨心气，俱踏作泥。

下午老冯和王兴讨论案情的时候，表情依然是郁郁的。在他，这罕见极了。

"李怡诺是爸爸养大的，时灵仪又和她心目中的母亲形象落差巨大，情感上她毫无疑问会偏向李善斌，所以她的话，也是有倾向性的。"王兴在听老冯转述的时候，已经猛抽掉小半盒烟，眼睛通红，此刻说话的声音也是闷闷的。

专案室里有不少人在，两个人也没避着谁，有点像在开小型的案情会。通常这种时候，会有更多的侦查员插嘴一起讨论，但其他人只是一根接着一根地抽烟，把房间熏成了一座炼丹炉。

"有倾向性，但我相信她说的基本事实。中午我又找过李扬，他知道时灵仪这几年就在李家，第一次谈话我们没问到点，他就没说。其实不单他，李善斌的同事里肯定还有其他人知道，都没说。这事儿吧，他们心里多少有数，都很……同情。"

李扬这次说了些李善斌的家事，新鲜内容不多，基本印证了白崇德和李怡诺的说法。时灵仪在婚状态时男性朋友多，传闻也多，后来离婚的时候，李善斌几乎是确认了真有那么一个人的，但时灵仪咬死是准备一起做生意的搭档。既然决定放手，李善斌无意刨根问底。当时李扬拍着李善斌的肩膀说，你这也是解脱了，往前看，不是坏事。李扬说的并不全是安慰话，只是没想到多年后，李善斌又在街上把时灵仪捡了回去。

李扬叹着气对老冯说："我眼睁睁看着善斌，被那个女人一步一步拖到水里去，不，是拖进了火里。可是我不知道该怎么劝他，他做的全都在道理啊，一个多好的人才会这样做，我是做不到。他人善，心软，念旧情，这是错吗，我要劝他改这个错吗，我也劝不出口的。"

不过李扬终究还是劝过几句。李家搬家前一天，应该也就是时灵仪被杀的前一天晚上，李善斌找李扬喝了一顿酒。李善斌那晚几乎一言未发，闷头喝酒，李扬知道他大概是为了什么，说实在撑不住，你就让她走吧。这句话，他之前也说过几次，但这一回，话刚出口，李善斌失声痛哭。他说老哥啊，你别问我，你别问我。

“我第一次见他哭，离婚的时候他淌过几滴，那不算，追悼会都没见过哪个男人能哭成那样。哭完他说第二天要请假，然后第二天中午打电话给我，让我帮着搬家，我到的时候，他把要搬的东西都挪到厅里了，房门关死的。我没敢多问，不知道他到底选了哪条路走。”

老冯把李扬的情况说完，王兴已经把叼在嘴里的烟屁股嚼烂了，“呸”地吐到地上踩灭。

“操！”他恶狠狠地骂。

他并非在骂任何人，只是胸中烦恶，不抬头喝骂一句，实在无从发泄。

李善斌没选李扬让他走的路，他自始至终是有这样一个选择的，就是让时灵仪走。不杀她，也不留着她，让她回到大街上，就像她被捡回来时那样。只是他既然已经把她够着了，又怎么能再反手把她推回去，推回到薛长久们的视线里呢？而继续养着她，也已经没有路可走了。生而为人，竟可以这样痛苦。李善斌选了把自己搭进去，帮时灵仪解脱。

不单王兴，这间专案室里的每一个人，此刻都不免要问自己一个问题，如果自己是李善斌，还有什么路走。

“有问题!”王兴忽然皱着眉说,“如果李善斌是这样一个人,又是因为这样的理由杀了时灵仪,他为什么要跑?”

这话一说,大家也都觉出了不对。

目前的案情拼图展露给刑警们的,是一宗他们此前从未见过甚至从未听说过的案子——不是钱或者仇恨,而是因为爱情,又或是为了当初的承诺和心底的善念,最终逼得一个人去杀了另一个人。将时灵仪分尸,还可以理解为李善斌要尽可能留着自由之身去奉养老小,不想被抓,才不得已为之。但他毕竟杀了有深厚感情的前妻,心里的压力和极端复杂的情绪,不该让他在被警察发现时有如释重负的解脱感吗,既然曝光了,横竖养不了家了,他还逃什么?而且他为了有利逃脱,还撒了一个五小时的谎!

内心戏对不上啊。

“我……大概知道他为什么逃。”

说话的是一个见习小警察,被抓过来配合技侦打电话的。此刻他核对过了本子上的记录,怯生生举手发言。

周围所有人立刻瞪住了他。老刑侦的眼睛瞪起来都像刀子,把小警察后面的话卡在了脖子里。

“说啊。”王兴吼他。

小警察磕磕巴巴把线索说了。技侦拉出一长串李善斌近日的通话记录,他负责核实一部分。其中有一通是打到某居委会的，居委会主任回忆了当天的所有电话，其中就有一通来电，是打听居民王海波的情况。

而老冯从李扬处了解到的，那个时灵仪的“生意伙伴”，就叫这个名字。

“对上了，他要报仇！”王兴一拍桌子。

王海波从李善斌身边带走了时灵仪，几年后时灵仪流落街头的时候，王海波人在哪里？时灵仪这般下场，和王海波有没有关系？这答案几乎是确定的！

枝头寒梅何以成泥，空中云雀何以陨落。既然警方终究还是找到了自己，既然已经注定无法身免，李善斌要用最后的时光，去向造成这一切悲惨命运的源头复仇！

在座诸人以往所见的凶案，被害人的死亡本身无疑即为最大的不幸，而这一次，死亡与横亘在其前方的巨大阴影相比，竟成为了解脱。连老冯都生出了如许感慨，更何况其他人。如果李善斌是个寻常的杀妻者，老刑侦们压根不会如此作态，他们惧见的不是残忍之恶，而是那一口吐不出咽不下的悲凉与无奈。

然而现在还不是他们叹息的时候，李善斌是否值得同情另说，必须立刻找到王海波——他可能快死了。

16.

小医院楼新人少，晚上九点半的住院楼见不到活动的人。

李善斌走进电梯，按十三层，门缓缓关上。他站在轿厢正中央，仰起脸看着跳动的楼层数字，活动了一下肩膀，把双肩旅行包褪下来拎在手上。厢门打开，充沛的顶灯把走廊铺满白霜，看起来像座无尽延伸的光洞，他在这白霜里走，经过护士台时，护士抬头看了他一眼，说看三十八床吗，你不是前面来过？李善斌步履不停，说我要碰一下她儿子王海波，先前他不在。护士哦了一声，重新低下头。

病房门开着，三十八床在最靠近门的位置。床边靠墙一张椅子，磨损的棕色船型皮鞋，灰色袜子，穿着卡其色灯芯绒裤子的双腿交叠着向前伸，裤管很宽松，一只手垂下来，尾指只有半截。李善斌又往前走了两步，便看见了穿着老头汗衫的上半身，肚腩微凸，脖子上的脑袋歪在一边，正在打瞌睡。

李善斌停下来，站在走廊上凝望了五六分钟，他在分辨，也在回忆。如果在电影里，那是一个相当漫长的镜头了，好在走廊并无别人，白光下他的身形也变得淡了些，就如脚边长长的影子。

凝望的另一端是一张过度老去的脸，与李善斌的皱纹不同，这张脸上的褶皱是散漫的，浅浅地藏在表皮下面，又一点点浮起来，让脸松弛得像发坏了的馒头。

李善斌仔细回忆着这张脸上原本的神情，那双眼睛睁开来，应该是有着细细狭狭讨女人欢喜的春光的，配合着柔和的五官和脸型，润白的肤色，揉作一团让他厌恶的温柔浪漫，正是传统中上海奶油小生的形象。

王海波睡得浅，脖子动一动，眼皮挣扎起来，拖着两只厚眼袋，慢慢撑开双眼。他先看的自然是病床上的妈，然后便发现了门外的人。他转过头，四目交接，那人依然定定瞧着他。他不舒服起来，把眉毛挑一挑，给了那人一个反应，然后就见对方冲他点了点头。他站起来走到门外，那人轻轻说了一句，有好久没见了。是什么时候认识的人，他想。是啊，他敷衍着，然后说你也来看病人啊。聊聊？那人说，然后径自往走廊另一头走去。王海波觉得这气氛让他不舒服，但还是跟了上去。是在牢子里认识的哪位吗，他开始努力回想。

李善斌朝着护士台的反方向走到长廊的另一头，推开楼梯间的门走进去，那里面一片黑暗，身后一拖一拖的脚步声略有迟疑。时灵仪死了，李善斌说。脚步猛然停止。李善斌转过身，看见王海波保持着推门的姿势，卡在了狭窄的门框里，走廊的白霜从边边角角渗进来，照不亮他的脸。李善斌在台阶上坐下来，放下背包，曲指在楼梯的钢扶栏上一磕，铛地一声，感应灯这才亮了起来。

“要进来吗？”他说。

王海波惊疑不定，他盯着李善斌看，问："你是谁？"

"李善斌。我们九五年见过，你们两个在红房子西餐厅吃饭的时候，还记得吗？"李善斌摘下眼镜说。

王海波张开嘴。

"你是……时灵仪的……"

李善斌慢慢点头，把眼镜重新戴上。

"什么……时候的事？"王海波轻声问。

"四月底。"

王海波沉默下来，李善斌也不说话，两个人就这么瞧着对方，直到感应灯再次熄灭。王海波动了动，关节这么一小会儿就好像锈住了，那个人，那道身影从心里泛起来，记忆之河的浊水贯注全身，动动手指都觉得沉重万分。他喘了几口气，终于走进楼梯间。门在他身后弹回，碰撞声让灯再次亮起。

王海波挨墙角站着，和李善斌保持对角，最远的距离。

"怎么这么年轻就……她得了什么病吗？"

"她疯了。"

王海波张开嘴，想说什么，又说不出来。

李善斌停了一会儿，又说："是我杀的她。"

王海波僵住，他上半身动了动，像是在挣扎，像是要夺路而逃，背却瘫痪着贴靠在墙上，一点一点滑落下来。最后他坐在地上，对着李善斌咧嘴笑一笑。

“来……杀我啊。”

此时此境，世界对李善斌来说如同荒原，行走其上，赤裸来去无心遮掩。他直言自己亲手杀了时灵仪，话出口又有几分担心吓跑了王海波，本待解释几句稳一稳他，却见了这一副情态，心里不由得想，他竟还是知道自己犯下了罪孽的，他竟还是有所愧疚的。

是啊，他怎么能不知道呢？

在这逼仄闷热的楼道里，王海波这一瞬间的失魂落魄仿佛按下了一个开关，两个对坐的中年男人因为一个名字、一个死者、各自不堪的往事，彼此产生了某种连接，回忆和情感的乱流汹涌而来，冲散了李善斌原本的话语。一些被掐灭许多次的影像又在眼前摇动起来，那些连女儿都未曾告诉过的往事争先恐后地跃出心湖，这并不是一个好的时机，对面也不是值得听它们的对象，但余生至此，又哪里会有一个时机和对象呢。

“我认识她的时候，她还有个扎红头绳的冲天小辫儿。”李善斌呢喃着。

溪畔的初见，桥下的流水人家，秋收麦垛间的迷藏，少男少女的志向，延伸到想象中大城市灯火的无边星空，不知天高地厚的承诺，心底默默滋生而又变化的情愫，在上海的期待，两地书，火车站的守望……

所有这些，李善斌并未一一道来。他说起一星半点的片段，便沉默下去，然后再说起另一个片段。那就像水中的浮标，在波浪里起伏，航道若隐若现。

李善斌说到一半的时候，声控灯就灭了，讲述在黑暗里继续。这也并不能算是讲述，他不为讲述给王海波听，不关心王海波能听懂多少。他从久远的回忆乡里牵出那缕清泉，跟随着泉下的溪流漫步，看着她曲折迂回，茁壮成长，奔涌出涧，溪流成河，浪涌若江。他来到那一道坝旁，看着自己在坝前苦闷徘徊，终于开闸放水，曾经的山间小溪喧腾而下，去向远方。那个时候，他以为自己终究只是江水边的一名过客；那个时候，他虽看不见江水的去向，但以为这水总归是往海去的。

李善斌停了下来。他摸摸眼角，发现并没有流泪，心中怅然。他敲了敲栏杆，让灯亮起来，却见对面那人的脸有些湿润，不禁厌恶。

"你知道我们再见面时是什么样的吗？"他问。

王海波摇头。

"其实我常常想，她会不会已经死了。七年没有一点音讯，我甚至还联系过她家里。要是活着，怎么会不想女儿的呢？"

李善斌喉头艰涩起来，像被一只手握住了脖子，他奋力吞咽，好让自己能喘上气。

"那是过年前三天，公司三点就放了班。回家路上，我看见一个女的在翻垃圾筒。我想，这人怎么还没回乡去？又想，她穿得太单薄，还大着肚子呢，可怜呀，她不该就这么在大街上，她的家人在哪里？”

说到这里，李善斌竟低低笑了一声。

“我就这么站在她后头看，心里翻腾着一个又一个的念头，其实又死死摁着一个念头不敢起。我也没再往前走，再走，就看得见正脸了。”

李善斌正在说着的，是他这一辈子，最惊心动魄的一段经历，哪怕是时灵仪来上海接受了他的求婚，哪怕是他在红房子西餐厅里看见时灵仪和王海波你我情浓，哪怕是看着自家房子被大火吞噬，甚至哪怕最后掐死时灵仪并且亲手分尸，都远远比不得那一刻的神魂颤栗。

“她捡了垃圾往前走，我还定在那儿。不能是她，是我惦记太多了。小时，她那是……是凤凰呀，这些年，我想过她冲上天，也想过她死，她就只能是这两种。她总不会像我这样普普通通的，她不是普普通通的人，否则我怎么舍得让她走呢？王海波，我知道你和她长不了，因为你降不住她，她得去比你更好的地儿。所以，那压根儿就不可能是她。可是我也走不了了，我就一边心里想着这些，一边远远地跟着她。我不想跟，我觉得这没意思，我是得了癔症了。我跟到一个桥底下的窝棚，她就住那儿。你猜，我干了啥，我进去啦。”

这一句话，李善斌说得颤颤巍巍，仿佛一阵风过来，就能把话头掐灭似的。

“我看着了她的脸，看着了她的眼睛，我们面对面的……没地方可跑啦。”

说到这里，李善斌吸了一口气，又吐了一口气。这是何等凄厉的长长的喘息，他的肺里像住了厉鬼，一吸一吐分明是两声悠长的哀嚎，或许那就是时灵仪的魄，不甘地悲鸣着。

“她碰上了什么啊！”李善斌猛地站起来，奋力一拍栏杆，在乍亮的灯光中逼视王海波。沉闷的回响嗡嗡低吼着，顺着螺旋的楼道，上穷碧落下黄泉。

王海波佝偻着背，头垂在膝间，两只手无力地撑在地上，断了一截的右手尾指轻轻颤抖。

李善斌扶栏而立，喘息渐定。

“我把她领回去，她得了疯病，没能治好。她发作起来烧了几次房子，其实她也不想，也不好过，求我帮她了断。撑了几年，后来还是杀了她，就是这样了。”

淡淡的两句话，仿佛他这几年过着的，是与千家万户相同的平凡生活。经历过重逢的那一刻，狭窄的窝棚里，他的心从最深处开始崩塌，天地都翻转了，那之后，这世间别种的苦难，于他成了江河入海前的最后一段水流，那里并不会有太大的波浪，宽广的河道容纳着万里泥沙，走向终点。

“我一直想弄明白她碰上了什么，她不愿意讲，讲多了毛病也容易复发，她肚子里的孩子我知道，是疯着的时候被流浪汉污了，她为什么回上海我也知道，终究是放不下孩子，守着放学路每天看几眼，可是再往前呢？这么些年，这个月漏一句，下个月漏一句，点点滴滴的，我就搞明白了一件事。王海波，你是把她给卖了啊！”

李善斌重新坐下来，拉开背包，拿出一本巴掌大的小本子，牛皮纸封皮上印着“工作手册”。

“那段经历，她想忘，但忘不了，所以就在这本本子上记一点，记一点。记下来为什么呢，让自己记得、让我记得、还是让女儿儿子记得？她想毁了一切，又想记下最深的痛。盼着有一天，本子上的人可以遭报应吗？又或者是希望有一个人，可以帮她报仇？”

他把本子掷过去，王海波一缩，本子打在他身上，掉在跟前。

“你不想看一看吗，她都遇到了些什么！”

王海波捡起来，一只手盖在本子上，止不住地抖动，无论如何都翻不开。

他终于抬起头，望向李善斌，泪眼婆娑，嘴里喃喃说着：“对不起，对不起。”

李善斌咧开嘴笑了一声，又站起来，走到他面前，突然一声怒吼。

“操你妈你和谁说对不起？”

这咆哮轰击在王海波脸上，吓得他脸往旁边一歪，拼命往后躲，可他靠墙瘫着，无处可逃。

李善斌用脚踢他:"说话啊。说你怎么把她卖了的。"

这么些年来李善斌从来没想着要去找到这个人,他总是对时灵仪说,人活着得往前看,要走出去。可是现在人死了,他自个儿也剩不下多少日子,过去的这一段,就格外重要。只是他没想到,当年带走时灵仪的那个人,变得这么窝囊。

时灵仪恢复自由身后的两周,王海波办好了停薪留职手续,两个人南下深圳。那是特区的黄金年月,每天都涌现着新的暴富传说,也确实有数不清的机会。时灵仪的长处在于美貌与饭局交际,王海波的长处在于立志与讨女人欢心,可惜两个人彼时意识不到自己的能力局限,两年间辗转于深圳广州之间,做过十几门生意,都以失败告终。处于现实困境中的两人谁都不觉得是自己的问题,尤其时灵仪。两人的关系越来越差,大吵一周两次,小吵天天不断,时灵仪的嘴像刀子,骂起来王海波有时想动真刀子。

到了九七年头上,背了不少高利贷的两人近乎走投无路。王海波搭上一位道上大哥,由这位大哥作保,加入一个走私团伙,快艇往来港岛与深圳间,除去给大哥的抽佣,跑一趟还能挣不少。价码谈妥,王海波以为一切妥当的时候,大哥把他单独叫出来,说你现在还差最后一步,你想在道上搂钱,得纳个投名状,这样大家才放心,你女人不错,卖给我吧。王海波头皮一麻,说大哥你让我再想想。大哥说行,你慢慢想。王海波迈了没几步,看到几个马仔都冲他冷笑,忽然明白过来。见了这些人,说了这些话,就已经回不了头，真要走，多半出不了大门。他折返回去，说我愿意。

王海波把时灵仪带到指定的小酒吧，借口上厕所就把她扔下了。大哥在旁边冷巷里等着，甩给他一百块钱。王海波忽然之间就跪下了，说毕竟有情分，能不能许他有了钱给买回来。大哥说行啊。王海波心一横，说我立个字据，到时候我愿意一万块钱把她买回来。大哥笑笑说行啊。王海波拿出纸笔硬着头皮写好，签了名递过去，大哥在价钱后面多加了个零，说也不能让你水面上跑个两三次就把人买回去，你说对不对，王海波只好点头。大哥拿着纸甩了几下，也不签字，却问他，你到时把这人买回去，还有啥意思，指望着再把她领回家里呢？王海波说我这辈子没脸见她，到时候您高抬贵手，放她自己走就成。大哥说你倒是个有情义的，我就喜欢和有情义的打交道，让人放心，不过我不爱写字，我就按个指印成吗。然后他指挥小弟把王海波按在地上，剁下王海波一个小手指头，蘸着血按了指印，把字据折好塞进王海波口袋，断指扔了喂狗，笑着说我等你带十万块回来找我。

王海波没挣到钱。那年香港回归，打私力度空前，没两个月走私团伙就被端掉，等王海波出狱，已经是五年之后。他找到大哥，问时灵仪的情况，大哥轻描淡写说一句，那妞发神经了，拿着刀全武行，实在吃不消，早两年就放生了，你的十万块省下来了。

“我对不起灵仪，这条命赔给她，也是应该的。我爸早死了，我妈就在这两天，送走她我无牵无挂，你等两天，之后上海滩你随便指一幢楼，我爬上去跳下来，也不劳你动手。”王海波的脸上涕泪糊作一团，他气息奄奄，向李善斌祈求。

时灵仪那一段空缺的命运，此刻终于补完。算来她恢复自由身是2000年，又过了一年才重返上海，这一路想必还有曲折，但已经不重要了。她化了个名，买了个假身份证，一定是面对不了那个曾经心气冲天的“时灵仪”吧。就让那个人在公共系统里永远地失踪，让所有的亲朋以为她已经死去。

王海波所说的，其实李善斌有所预料，然而其中的一些细节，还是让他心中凄然。面对王海波甘心赴死的表态，李善斌并不相信，小时活得这么痛苦，尚且对自己下不去手，王海波只是面对着一个杀人犯，想多争取些时间罢了。

他心中不屑，脸上并无半分表情，对着王海波轻轻摇了摇头。

见他摇头，王海波只觉得一盆冷水从头浇到脚。李善斌今天来，除了先前那一声吼，其实并没有什么出格举动，却让王海波想起了那个喜欢说“行啊”“你慢慢想”的大哥。

“你说你有愧，是真心的么？”

王海波深吸一口气，慢慢呼出来，用手轻轻拭去脸上泪痕，郑重地点头。

“那么，你帮我个忙吧。”

17.

打王海波的手机是最直接的联系方式，他没有理由回避警察。

技侦在半小时里就拿来了王海波的电话号码和近期通话记录，专案组换了四五个不同的号码，四十分钟打了十几通，全都无人接听。

根据通话记录，王海波的号码从昨天到今天打出去几十通，频率远高于以往，现在突然联系不上，不是好兆头。

王兴一个电话甩给技侦，问能不能定位手机位置，范围误差有多少，要花多少时间。这儿正在吼技侦，那边侦查员赵雷按住话筒直着脖子“嗷”了一嗓。

“接通了，王海波本人。”

所有人放下心来，王海波还活着。

四十分钟后，益善殡仪馆的一间等候室里，老冯和赵雷见到了王海波。

“实在是……唉，这样的时候来找你。”赵雷说。

隔壁的焚化炉里，正烧着王海波母亲的遗体。

王海波神情木然。

“大前天，我妈走前一晚，我见过他，说过些话。”

王海波没心情和警察唠家常，既然知道来意，就直奔正题。

不过他此刻说的，和先前告诉李善斌的，版本有所不同。他只说那大哥看上了时灵仪，强行把她给带走了，之后就再未见过她。李善斌那一天来，打听了一番大哥的底细便走了。

“他就这么走了？不管怎么说，他手上有一条人命，人要是沾了血，心气立马可就不一样了。你当年从他手里撬走了老婆，我们都担心你会有生命危险。”赵雷说。

赵雷先联系上的王海波，所以基本都是他在问。老冯本来就不擅长和人沟通，在旁边安心当陪客。

“冤有头债有主吧，时灵仪会变成后来那样，主要……不是因为我。”

最后那一句，王海波有些含混。

“他对时灵仪那是真的好，比我好啊。可惜时灵仪不喜欢他。”王海波叹了口气，“灵仪从来就没真喜欢过他，如果不是为了从六盘水跳出来，为了来大上海，她是不会答应和李善斌结婚的。那个时候啊，如果没有我，她也会和另一个人走的。”

“和另一个人走，比跟我走好。”他顿了顿说。

“所以，李善斌这是要去找孙洋的麻烦？”赵雷皱起了眉。那道上大哥名叫孙洋，另有个“孙九刀”的绰号。

“李善斌明说了他是杀人犯，你怎么没报警？”老冯问了一句。

赵雷觉得这话是白问的，牢里出来的最不喜欢和警察打交道，自己既然没危险，平白招惹杀人犯干什么。

然而这句话，却把王海波问住了。他怔了一会儿，脸上浮起苦涩的笑容。

“大概是因为，我终归还是欠着他的吧。欠着他，更欠着灵仪。所以他想做什么，能做什么，我等着看。”

这个时候，工作人员来通知，已经烧完，可以去捡灰了。王海波出去了几分钟，再回来的时候，手里捧着个用黑布包着的小盒子。

他抱着骨灰盒，站在两名刑警的对面，眼神不知在看哪里，像一具行尸走肉。

“那个……”赵雷以为他是在哀伤母亲，起了个话头，想把他的神给引回来。

王海波却忽然发了一声笑。这笑声干瘪沙哑，更像出自一个生命枯竭的老人。他依然保持着那副空洞的表情，仿佛那声笑不是他，而是他那已经离体的魂魄所发出。就在赵雷略生愧疚的时候，王海波缓缓摇了摇头，开口说出了一番两名刑警都没想到的话。

“我就当假的说，你们就当假的听。这事儿我不会承认是真的，算是当年的另一种可能性吧。”王海波垂下眼皮，盯着手里的黑盒子，把告诉过李善斌的那些，包括一百块卖了时灵仪，半截手指头换了血指印，又说了一遍。

“行啊你，”赵雷看王海波的眼神当下就变了，“拐卖妇女！那张字据还在吧，先拿出来，一会儿你……”

王海波打断他：“这位警官，我说了是瞎话，别把瞎话当真话听。哪里有字据，你拿给我看？你想抓我拐卖妇女，证据呢？”

老冯拍拍赵雷，说：“我们当瞎话听。就算你说的是真的，这么多年过去，被害人也已经死了，找个好点的刑律给你做无罪辩也很容易。”

赵雷闷哼一声，心想老冯你这是站在什么立场说话。

“这样就说通了。孙洋毁了时灵仪，要报仇，找他比找你合适。孙洋现在洗白上岸，李善斌如果不怕死，总能找到机会。”

王海波默默听着，并不接话。

“六一三”案的前因后果，至此全部揭晓。曾经老冯以为时灵仪落魄拾荒，被薛长久强暴，已经是地狱般的惨境，而这些与她被男友牲畜般卖给黑道相比，又算不得什么了。若把时灵仪比作天鹅，她从丑小鸭蜕变，挣扎着从泥泞中飞出来，在天空中掠过，一头撞在绝崖上，血羽纷飞，如此惨烈的命运曲线，直叫旁观者连叹息都梗在喉间。而被她拖着一同坠跌的，是她这辈子遇到的最温暖最可靠的男人，他曾经深爱她，或许始终深爱她。老刑侦不会感慨爱情，但李善斌身上闪耀的慈悲与善良，这种芸芸众生里最珍贵的品质，却成了不堪重负的巨石，压得李善斌在世情的浊潭中缓缓下沉，直至灭顶，这其中的曲与直，勾成了一个大问号，老冯与赵雷不想面对，又闪躲不开。

回去的路上，赵雷对老冯说他希望李善斌可以复仇成功。老冯知道他只是嘴上说说，还能如何。

赵雷憋闷半天，又愤愤骂了一句："操，真不值。"

"所以我们还要赶着去救那什么孙九刀?"他说。

找到孙洋，就可能找到李善斌。再怎么同情他，专案组也不可能故意放慢脚步。

近几天李善斌没用自己的身份证坐过飞机，但长途客车和火车的身份系统不如飞机严格。去深圳没长途车，坐火车的话，最快的一班是每天中午发车的 K99 次，到广州站下再转长途去深圳，耗时三十小时以上。李善斌三十日晚见的王海波，如果他买了一号的票，那么将在二号，也就是昨天晚上到达深圳。警方目前落后一天。考虑到他需要时间找到孙洋，也需要时间观察孙洋来制定行动方案，基本不可能在今天动手，要是能有晚班飞机去深圳，就可以把落后的一天追平。

跨省办案至少得出两个人，老冯和赵雷组了这次的搭档。他们一边飞车往虹桥机场赶，一边联系航班，另一头王兴负责沟通广东省厅和深圳市局，请他们协同。

机场说飞深圳的没了，飞广州的最后一班快关舱门了，问他们还有多久，赵雷忽悠说还有三分钟。三分钟拖到三十分钟的时候，早过了起飞时间，那边拖不下去，说五分钟之内如果不出现在登机口，或者没接到市公安正式延飞指令，飞机就只能飞走。正式指令来不及申请，开到机场还得小十分钟，警车在沪青平出口下高架，调头往回。只能赶明天最早班机了。

老冯和赵雷悻悻回返的时候，王海波才回到家里。他把骨灰盒放进灵堂，换过今日的贡品，上过香，扶着沙发缓缓坐下来。整个人一放空，想起的不是母亲生前种种，却是那晚忽明忽暗的医院楼梯间。

他没和警察说，楼梯间之后，他带着李善斌回了一次家，取了那纸字据。当时他问李善斌，要是警察来找他，该怎么说。李善斌说随便，你可以照实说。然后又补了一句，如果方便，警察找过来的时候知会一声，让我知道还剩多少时间。

在沙发上瘫了很久，王海波终于爬起来找出李善斌留给他的号码，打了过去。

铃响两声接通。对面没有说话。

“警察刚才找过我了。”

“哦。谢谢。”李善斌语气平静。

片刻的沉默。王海波以为通话就此结束，李善斌忽然再次开口。

“其实，有个问题那天我就想问了。”

“什么？”

“你……为什么这么做？”

“那个字据，还有这个电话？”

“嗯。你就不怕那个孙九刀，万一，他回头……”

“你不是会把他干掉的吗？”

李善斌嘿了一声。

“对我蛮有信心。”

王海波握着电话，嗅着屋子里弥散的淡淡香火，回到那张沙发上坐下来。

“我也不知道你到底什么打算，有什么周密计划，信心是真的没有。不过么，我现在孤家寡人，找个地方躲一阵子风头就是了。”

他忽然笑起来，又说：“我爸五十岁冠心病走的，我妈这次是高血压犯的脑梗，五十九。我两个毛病都遗传上了，又在号子里苦熬五年，现在已经很严重了。我四十一，多半到不了五十，不知道还剩下几年。所以啊，已经在数着日子过了，原本欠着的，能还一点儿，就还一点儿吧。”

那一头静默着。王海波说了这两句，只为自己心里松开些，他想着该挂电话了，没想到李善斌又开了口。

“我想请你再帮我一个忙。”

老冯和赵雷回到专案组是八点半，第二天早班飞机六点半，两个人都不打算回家。十一点一刻的时候，深圳市局传过来一个消息。

王兴之前已经把李善斌的情况包括体貌特征传过去，让兄弟单位帮助留意。这本是常规动作，没想到转眼间就有了发现。深圳公安有一个包含几家五星酒店的治安系统，每天酒店会把前一天的住客信息传给公安核验。有个名叫李时的人前晚入住酒店，由于入住时已经过了十二点，所以今天早上信息才传给公安，傍晚公安验到这个人的时候，发现他的身份证异常。对五星酒店公安比较慎重，先用照片在通缉库里比对，李善斌的通缉令刚发，没多久就比对到了，然后上海公安的协办请求也到了。

消息传给专案组的时候，深圳公安已经派便衣去酒店调出监控，做了进一步的确认，高度怀疑李善斌和李时是同一人。那边让王兴看一下影像资料，如果确定的话，到凌晨时分就突击抓捕了。尽管王兴不明白李善斌为什么比预计提前了一天到了深圳，但光听这化名就知道人准没错。他拦着深圳慢点动手，上海都办到这种程度了，临门一脚怎么可以假手他人。

老冯和赵雷又一次飞车去机场，王兴给他们抓到一架飞深圳的货机，五十分钟后起飞。

18.

李善斌一路未睡。他戴着耳机，来回听了几遍和王海波的交谈录音。录音是计划中的一环，但现在最主要的功能用不上了，他有了更好的取代。反复听的重点在孙洋，他边听边琢磨，再对照时灵仪写在小本上的零散信息，总结他的性格特点和行为模式，思考自己要如何行动。

王海波并不是孙洋的亲信，实际上他和孙洋接触很有限。入狱前打过三四次交道，出狱后一次，知道些道上传闻，知道他洗白后的身份，仅此而已。凭着这些，李善斌不可能制订出周详的计划，但心里多少有了点谱。只要把握住大方向，把握住孙洋这个人，就有希望干成。他没受过这种训练，也没有相关经验，机会只有一次，出错就完了。

得狠。他告诉自己。

李善斌向来不是狠人，他给人的印象，自我的认知，都与凶狠相去甚远。从什么时候开始改变的呢，他想，并不是四月二十七，要更往前。跨进窝棚的那一刻，人间在他面前裂开，然后是熊熊的火光，是小时跪在面前的痛哭与恳求，他喂小时吃下安眠药，看着她渐渐松弛平静，把手搁在她脖颈上，收紧，她又于中途苏醒……呵，李善斌长长出了一口气。

人，得有一个可以信任和倚靠的世界，才能宽厚温和，等到李善斌把那具冰冷的躯体从床下拉出来，拖进厕所开始分解时，他早已经是另外一个人了。曾经支撑过李善斌的世界崩解，他站在空虚中，过去已然离散，未来无所依存，无论这一步往何处去，还有什么可以顾忌的呢？这就是他对上孙九刀最大的底气了。

在下一刻，李善斌想起了李怡诺和李立，他意识到自己并非什么都不在乎。他松下来，闭上眼睛，安安静静地在心里想念。许久，他带着一丝温柔的笑睁开双眼，整个人重新进入到紧张状态里。

到达深圳是夜里十点多，司机在路上只歇过一次，数着报酬的时候说腰快断了，这一趟要老命。这是一辆上海的海博公司出租车，李善斌昨晚在街头拦下的第五辆。听到司机抱怨，李善斌又抽出几张百元钞递过去，前几天他刷爆了两张信用卡套现，如何还钱他已无须考虑。

李善斌在一个十字路口下车，分辨方向之后，沿着街道向前走了会儿，在一家超市旁停下来。超市已经打烊，卷帘门上方的灯箱亮着店名——小华强。李善斌仰头对着招牌，一步步向后退。他退下人行道，退入车行道，身旁有一些喇叭声和闪灯，都没什么关系。他的视野宽阔起来，超市的左边是柯达照相社，没错，右边是租房中介，这个错了，本应是面包店的。照相社门口竖着杆路灯，贴着路灯又竖着根电线杆，把店门挡死在后头，糟糕的风水，他想。那么，就真的没错了，再往上看，果然是住宅了。这种方方整整盒子一样的建筑，上海也有许多，并没什么特色。然而一种悲哀的熟悉感把他浸透，于他而言，这是不一样的，带着鲜明烙印的建筑，它的线条、水管的曲折形态、三楼那户栏杆断了一根的外阳台……甚至他本不该有具体印象的斑驳的外墙面，都在刺醒着他。

李善斌站在往来车道的分隔线上看了很久，然后转过身，瞧向另一面。那儿几乎就是陌生的了，这一整段街道，这一整座城市，只有背后那一侧是熟悉的。然而对着这陌生的另一面，李善斌依然凝望良久，甚至用了比先前更长的时间，然后他举步前行，穿过这一半的马路，径直走入一家小饭馆里。

那是一家潮汕粥铺，脸小肚子大。李善斌站在店门口的台阶上，店员上来招呼，李善斌不接话，戳在那儿上上下下来来回回地打量。店员回去拿了菜单来请他翻看，李善斌却问，这儿以前是酒吧吧，店员说他才干半年不清楚。李善斌扭头出门，左手不远有一道向上台阶，他拾级而上，到了这幢楼的二层。

大楼的二到五层是旅舍，大堂设在二楼，标准间今日牌价一百六十八元。李善斌问接待五楼有没有空房，接待说有，他要求先看下房间，接待取了一串钥匙，领他上楼。

电楼慢吞吞升上去，停的时候重重一抖。走道里铺着厚厚的廉价化纤地毯，烟味很浓，李善斌要求看一间对着街道的，接待给他打开了五零五房。

普普通通的双床标准间，床头挂了副猛虎下山的印刷画，烟味比走廊里淡些。李善斌走到窗前，向外眺望。接待在后面等了会儿，问他房间行不行，李善斌推开窗户，伸头出去往左边看。

“隔壁是五零七？”李善斌把头缩进来，用手指指左边。

“对的。”

“五零九房空着吗？”

“空。”

“带我看一眼。”

“和这间一样的。”

“看一眼。”

五零九和五零五的确一模一样，还是那副猛虎下山。但从窗户看出去，略有不同。

对面楼的顶层天台上安了个大锅盖，锅盖的背后，隔着好多条街，拔地升起一幢闪着华光的摩天高楼。李善斌知道那叫地王大厦，十年前的深圳第一高楼。地王大厦主楼楼顶两端，一左一右冒起两根白亮的尖刺，电击器一样扎向天穹。李善斌站在客房窗户的中线前，从这个角度往对面看，卫星锅盖的天线头子正指在了远景地王大厦那对尖刺的中心。

符合小时在本子里的记载。

那么，她就是被困在这间屋子里了。直到自己亲手将她解脱。

他的眼睛渐渐阖起。

耳畔有微风，有轻语。

你在吗？

“可以吗先生？”接待催促他，“前台就我一个人，我不方便离开太久。”

然后她看见面前的男人转过身，脸上淌了两道泪。她吓了一跳，不知道发生了什么。

“不用了。对不起。谢谢你。”李善斌回答的时候，泪水依然在流淌，他却似无所觉。

李善斌打车到了准备入住的酒店。那是他特意选的安全口碑很高的酒店，据说连上电梯都需要刷房卡。下车时他和司机约定了次日的全天包车。

床很软。天亮的时候，李善斌还不能确定，前晚自己到底有没有睡着。他仿佛在那扇窗前看了一夜的地王大厦，又仿佛在小华强超市前看了一夜的那扇窗。

上午十一点二十，深圳正念慈悲中医会馆门外来了个中年人。他把破助动车在门前一横，从车后的篓里取出个纸箱子，用缠在手上的汗巾擦了把汗，推门而入，直奔前台。

“孙……”他低下头似乎在辨认快递单上的名字：“孙洋在吗，快递。”

“孙老师不在，他一个星期就来上一次课。”穿着旗袍的前台小姐温言细语，对快递员的态度相当好。

中年人皱着眉头，摸出手机打电话。前台的电话铃响了起来，旗袍女孩看了一眼中年人，迟疑着把电话接了起来。

“喂，孙洋是吗，孙洋在不在？”中年人粗声粗气地叫嚷。

“先生，唉，先生，”旗袍女孩一脸无奈，“你打的就是我这个电话啊。”

“啊唷，那怎么弄，这人他没留手机号啊。”

“快递的是什么东西，要不您留在这里，我代孙老师签收一下，等过几天碰到了我给他？”

“单子上写着是礼物，标了个冻品，一定要今天送到的。你有他手机吗，你打一个，问他在哪里，我现在送过去。”

旗袍女孩让中年人稍等，开始拨孙洋的电话。

“是谁寄的？”孙洋在电话里问她，她问中年人。

“就写了个姓，黄先生，东西从广州发过来的。”他回答的时候，贴着纸箱底部的手指因为紧张而轻微地颤动起来。他盯着女孩，看她的反应。

女孩毫无所觉，她原话转述过去，停了一会儿，点头说好，然后挂了电话。

“我把地址写给你，你这就给孙老师送过去吧。”她说。

李善斌咧开嘴笑起来。

“好嘞。”

两小时后，因为不熟路而绕了好多圈的李善斌骑着那辆临时买来的破助动车，进了银湖的一片高档住宅区。他在一座独栋别墅的大铁栅栏前停下，确认过门牌，8 号。

门前停了三辆小轿车，一辆是奔驰，另两辆不认得车标，感觉不会比奔驰差。从车的停放位置看，像是客人。外人在有点麻烦，李善斌想。但是他也没办法徘徊太久，进小区的时候保安问过他是干嘛的，8 号门前也装了摄像头，一个快递员多磨蹭两分钟都显得异常。

至少找到正主地址了，已经足够顺利，不能指望太多，先往前闯，闯过去再看路。李善斌拿出箱子，按响了门铃。

对讲机响了。

“快递！”他吼了一嗓子。

“往后退！”一个女人的声音说。

然后铁门缓缓向外打开。

李善斌退后两步，让开铁门，抬脚就往里走。

门后是个小院子，李善斌顺着中间的石子路走到门廊前，两步跨上五级台阶。房门姗姗打开，门后的中年女人穿着打扮像是保姆。她瞧见李善斌已经在门前，微微吃了一惊，这快递员的腿脚够麻利，却也没再多想，伸出手要去接箱子。

保姆的身后是大客厅，光线很好，另一头似乎连着一个更大的院子。有人声，应该是主人在会客。李善斌没法作出更多的观察，保姆的手已经伸出来，可他不能就这么把箱子交出去。

“要本人签收，孙洋在吗？”

“先生啊，这个要你签一下字。”保姆回头喊。

客厅里站起一个人，往门口走来，保姆把道让开，他对李善斌笑笑，问他要笔。

李善斌递过笔，把箱子捧高，让他在箱面上的快递单上签字。他低下头去，毛发稀疏的头顶心在李善斌眼前泛着油光。

孙洋。他签下两个骨架凌乱的字。

如果不看这两个字，面前的人称得起儒雅。五十许年纪，身着灰绸短褂脚踩布鞋，肤色白皙体态丰润，两道长眉舒展，金丝眼镜后的眼神温和。

倒是和他现在的身份挺般配，李善斌想。打从王海波出狱那会儿，孙洋人前的身份就成了风水先生，这行当在从前也是江湖中人，时下却已经入得厅堂。至于他是如何有这样的转变，又能有几分真材实料，就不是王海波能搞清楚的了。

孙洋签好名，接过箱子搁在玄关柜子上，走回厅里。那儿有一圈大沙发，坐了四个人，孙洋在他们对面的单人沙发上坐下，继续谈论起来。其实并不是谈论，而是孙洋单方面在说，李善斌听见太阴六合、生门死门之类的字眼，想必是在说风水。

保姆走回来关门，见李善斌杵在门口，眉毛一挑问：“你还在这儿干嘛？”

“哦，这个我听这位好像在讲风水是吧，不好意思听入迷了，我也喜欢这个。”李善斌情急之下，随口胡说一通。他并没有事先的周详安排，想着见山开道，临到头却发现自己缺乏急智。如果不是有那么多外人在，他就直接往里闯了。

然而现在也只能退了吧，换个时间再溜进来，或者半夜翻进小区。心里这么琢磨着，李善斌脚下却还是没挪步子。保姆上前一步，示意他退出去。

“我能再听两句吗？”李善斌说着，却在抓紧时间打量屋里的格局布置。

那边孙洋抬头瞧了一眼，温声说道：“我正好在上个堪舆的小课，这行讲缘分，不碍着你工作的话，真想听几句也没关系。”

“那我就站这里听，不妨碍您讲课的。”

李善斌往里走了一步，站在玄关的门垫上。房门一开始是虚掩着的，后来孙洋让关上了，漏冷气。谁能想到一个忙碌的快递员居然有这么多空闲时间，一听就是两小时。孙洋其间往门口瞅看了好几眼，但话是自己说出口的，也不方便赶人。

孙洋一个星期在正念慈悲中医会馆上一次课，但时不时的会在家里上几回小课，能入厅堂的学员，都是富贵人。这次门口站了一个旁听的快递员，心里虽然膈应，传出去也是美谈。

等到近四点，孙洋给每人测了一卦，众人连声说准，这堂课也到了结束的时候。李善斌抢先道了声谢，开门出去，跨上座垫滚烫的电动车，在小区里兜起了圈子。当他又一次转回到八号门前，门口的三辆车都已经不见了。

李善斌按响门铃，这次接通的是孙洋。李善斌说不好意思刚才那个快递送错了。

铁门打开，李善斌又一次快步走到房门前。这一次他等了会儿门才打开，孙洋拿着快递纸箱，指着快递单说没错啊，从正念慈悲中医会馆转来的对吧。

李善斌汗在冒血在沸，脑袋里轰隆隆地响，他不知道要怎么回答才不出错，随时都有可能张口结舌。

继续说啊，他催促自己。

“其实，我是想请您，想跟您求一卦，我碰到事情了，大事情。我过不去了。”

孙洋的视线从纸箱移到面前的快递员脸上，他笑了一下，说：“你知道我算一卦收费多少吗？”

李善斌一把拽下背包甩到胸前，扯开拉链狠狠抓了一大把钱出来。

“我所有的钱都在这儿了，您看够不够。”

孙洋瞥了一眼，失笑说：“早十年前差不多，现在么……”

他摇摇头，停下来，拉开旁边柜子的抽屉，手往里面一探，伸出来的时候多了把刀。

李善斌心里一突，然后发现那是把没开封的裁纸刀。

“今天这事儿有点意思，你这人也有点意思，我喜欢有意思，有意思就是缘分嘛。进来吧。”孙洋说着，拿着快递箱往客厅走。

李善斌换上保姆拿来的拖鞋，走到客厅，见孙洋正弯着腰用裁纸刀开箱。箱子打开，最上面一层塞了几团报纸。孙洋抬头看了眼李善斌，让他在沙发上坐下来。

“说说，遇上什么大事情了？”孙洋一边拆着箱一边问，意态悠闲。

李善斌眼见孙洋把箱子里的报纸团取出来，这便是图穷匕现的关头！意识到这一点，他脑子里忽地一松，整个人冷却下来。

“刀哥。”他不紧不慢地说。

孙洋的动作陡然一顿。

他没有立刻抬头，而是先把手从箱子里慢慢缩回来。

这时他看向李善斌，拿手轻轻点了点他，和气地笑：“原来朋友是来找我的。”

说话的时候，他缓缓坐到沙发上，双手往茶几上一搁，右手恰好盖在裁纸刀上，手指轻拨，让刀柄转了个合适的方向。

“是啊，我这不是碰到事了吗。”李善斌轻瞥那只盖着刀的手，翻起眼看他，咧嘴笑了。豁出去之后，他进入了彻底的轻松状态，仿佛没有一点重量了。唯一牵引着他的信标，是时灵仪的魂魄。

是个狠人，孙洋想着，从前在道上打滚时都不曾见过几个，能放得出这种气场，都是在心性上有大觉悟的。他脸上的笑容更温和了，手离开了刀，仿佛刚才真的只是碰巧够着了，然后抓过纸箱，伸头又瞧了眼。

“两块砖啊，我还真以为有好吃的冻货哩。我这人啊，就好一口吃嘛。”

“小刘，上好茶啊，咱们家今天到贵客啦。”他提着嗓门喊保姆。

那个纸箱里，废报纸团下面，两块红砖上头，还有另一件东西。孙洋伸手进去，两根手指把它夹了出来。

那是个印着“恭喜发财”的红包。

红包里显然是装了东西的，自然不可能是钱。孙洋的手指轻轻捻着红包，却不想马上打开它。

“朋友，有什么我能帮上忙的地方吗？”孙洋看着对面男人的眼睛，慢慢地说。他要确保自己说出的每一个字，都能被这个不速之客听清楚。

“我这个人好朋友，所以朋友也多，不管是官面上的，生意场上的，还是……”孙洋停了停，接着说，“还是江湖上的，有困难大家伸伸手，没什么坎过不去的，对吧。”

孙洋在那里端着笑，李善斌的笑早收了。

“刀哥要不要给我算算。给你自己算算也成。”

“我现在是本分人，叫我阿洋就好，我们这一行算不了自己哟，给你算，你把年月日时给我，我来排一个。”

茶一直没端出来，却从楼上下来一个穿着汗衫的红脸膛汉子，叫了一声老大，就往两人对坐处走过来。

楼梯位置正在李善斌的背后，李善斌没有回头，肩耸了半分，背微微弓起来，眼睛盯住孙洋。

孙洋一边朝那人招招手，一边解释："没事儿，我司机。"

那人从李善斌身侧走过，站到孙洋旁边。

"他担心我嘛，知道我这人胆子小的。朋友，你这样上门，我一个人坐在你对面，心里慌嘛。没事儿，就让他在旁边照顾照顾我这个老头子，咱们该聊聊该喝茶喝茶。小刘，茶呢？"

孙洋笑容不改，仿佛真是一个和气怕事的无害人物。

"朋友，你现在坐在这里就是缘，缘是有前因后果的，我呢就准备做个化缘的人。看起来我总归是欠着你的因果了。"

"化缘？来化缘的人是我。"李善斌冷冷说。

孙洋一愣。

"朋友你这是……要钱？"

红脸汉子"嗤"地笑了一声，孙洋伸手冲他摇了摇，脸上的笑容淡了些，但却比刚才更松弛了。

"能用钱解决的都不是事儿，要钱容易。"孙洋把茶几下面的一个抽屉拉开，展示给李善斌看。那里面有一沓人民币。

他敲了敲抽屉，却没把钱拿出来。

"你要是缺这点，我二话不说。但你包里装的就差不多有这点了吧。”

李善斌的面色更冷。不知不觉之间,场面就往失控的那一侧滑过去。要怎么办,他没有方寸,反有一股怒火在胸中燃起,他一拍茶几,突地站了起来。

孙洋面皮一紧,旁边的汉子身体前倾,做了一个威胁动作。李善斌没管他们,挪了一步,弯下腰把抽屉里的钱拿出来,塞进自己的包里。

孙洋正失笑,却听李善斌说:“这点钱,在我们那儿,够买块棺材板了。”

孙洋的表情终于冷下来。

李善斌咧开嘴,不是在笑,而是神经质地抽搐着。他居高临下瞧着孙洋。

“别紧张,刀哥,我是说,给我自己的棺材板。但光有棺材板,没有底下的盒子,还装不进我去。这点,不够!”

孙洋的脸冷了半晌,先前的笑又一点一点浮出来。

“我这个人讲缘法,上门就是缘,任是哪一路的朋友,有困难了,把我的门敲开,抽屉里的钱随便取,我结个善缘。但是再多呢,当然也可以,你如果有一个因,该我来结这个果,没有问题。没有这个因呢,天下困难的人那么多,我也帮不过来,你说是不是这个道理。”

李善斌没说话,指了指孙洋一直捏在手里的红包。

孙洋终于把红包里的那张纸抽出来。他展开扫了一眼，轻轻嘘了口气，然后纸和红包一起朝茶几上一抛，背往沙发上一靠跷起二郎腿问："这就是你的因？"

纸轻飘飘落在几上。这是一份字据的复印件，字迹颤抖潦草，底色上有一团一团灰黑的污渍——那原是血。

"这不是我的因，这是你的。你刚才也说了，你朋友多，但你现在的那些朋友，大概是希望你给他们解决麻烦，而不是添麻烦的吧。从前的事情一翻出来，很多朋友就不再是朋友了。"

孙洋沉吟不语，然后他把纸重新拿起来，皱着眉头又看了一遍，这次看得比刚才的时间长。

"年纪大了记性真的不好，你给我说说，这东西，当时是怎么回事来着？"

李善斌竖起右手尾指，比在孙洋面前。

"刀哥不会是要了我这根手指，才能想起来事情吧。"

孙洋重重叹了口气。

"年轻时候的孽债啊，到老了来还。"他沉痛地说，"要多少。"

李善斌把竖着的尾指晃了晃。

孙洋摇着头，嘴里啧啧了好几声。他闭上眼睛想了一会儿，似是下定了决心，把头一点，说："行吧。可我没这么多现钱呐，那……去次银行？就是这个点儿不知关了没。"

他絮絮叨叨说着，想先稳着李善斌。

李善斌看着他没说话，那根手指还举着。

孙洋嗞嗞倒抽了一口凉气。

“朋友你这是……一千？”

“也不能让刀哥你算几卦，看两套房子，就挣回来吧。”

孙洋眯起眼睛：“听你这口气，不光是求财来的？”

李善斌心中一懔，这半吊子风水先生察言观色，竟是看出了几分缘由。

“钱能解决。”他沉声回答，“给你一天时间筹钱。拿了钱我给你原件。”

“一天准备一千万现金？三天我都弄不来啊。”

“你有明天一整天筹钱。不能再多。”李善斌斩钉截铁地说，“你准备一辆车，钱放里面。”

孙洋点了支烟，走到阳台上狠抽几口，把剩下的一半碾灭，回到客厅里。

“张口要我一半家当，到时候你开了车直接跑，东西不给我，怎么办？你想要钱，行！你想时间短，行！但是，你来我的地方！”

今天头一次，孙洋的声音里带了铿锵的戾气。

“你有没有这个胆子？”

李善斌磨了磨牙，说：“想给我摆龙门阵？成啊，刀哥，豁不出去也挣不来钱。不过今天，我也不能真就带这点买菜钱走吧，这样咯，你领我去保险箱收个头期。”

孙洋慢慢收拢眉头，瞧着李善斌。

李善斌咧着嘴，带着扭曲的笑，定定地看孙洋。他开始回想自己如何在浴缸里分尸，眼神中渐起血气。

孙洋长吁一口气，垂下眼睛，脸上泛起苦笑，领李善斌上楼。

“说起来，这事儿怎么是朋友你来呢，这张字据，它可是有正主的啊。”他边走边问。

李善斌知道他在想什么，说：“你放心，拿了钱，这事儿就消了。那么多年前的事情，没了物证，光靠人证扳不倒刀哥你的。再说，那两个正主像是有胆子和刀哥作对的吗，这就是我一个人的事。”

“两个正主？”孙洋疑惑地回头看了他一眼。然后他忽然反应过来，拍了拍脑袋。

“咳，看我这脑子。”

几分钟后，李善斌背着重了许多的包出门。

“刀哥，我今天本来是做好了被你扣下来的准备，你这么客气，我许多后手都白费了呀。”他站在门口说。

“欠债还钱，有因得果。这个账，我得认啊。”孙洋长叹一声。

“这两天刀哥最好把力气用在筹钱上。字据那么重要的东西，我会看好的，不劳您关心了。”

“这是哪来的话，怎么会。”孙洋失笑说。

李善斌骑上破助动车，开出小区，回头一看，一辆黑色奔驰车缓缓驶出，远远吊在后面。

李善斌只当不知，骑了段路，在路口等灯的时候，一步跨下助动车，拉开旁边的空出租车车门钻进去，一边报酒店名字，一边抓出十几张百元钞。

“二十分钟开到，都是你的。”

不等红灯转绿，出租车就蹿了出去。

司机开得足够疯狂，但在后视镜里，还是时不时能看见黑色奔驰车。

李善斌并不意外，能这么轻易从别墅里出来，已经够走运。这些年孙洋洗白上岸，离开好勇斗狠的日子久了，觉得自己是千金之子，在别墅里不肯冒险翻脸。不光是被捏了个把柄，也是李善斌现在真的有一股子狠劲，咫尺之遥能让对面的人心生畏怖，觉得他什么事都干得出来。李善斌可不指望孙九刀真像看起来那么老实无害，这会儿他肯定正在调动各种资源，要把这件事情查清楚。

李善斌跳下出租，冲进酒店。在电梯厅等电梯的时候，红脸汉子进了旋转门，跟着他的还有两个人。电梯开了，他冲正飞奔而来的三个人笑笑，按了关门键。

门关上，但是按楼层的时候，怎么都按不亮，电梯死在那儿！李善斌忽然反应过来，摸出房卡刷了一下，飞快地按了十二楼、十五楼和二十一楼。

他在十二楼出了电梯，然后按了下行按钮。等待的时间分外煎熬，仿佛过去了很长时间，电梯门终于打开，谢天谢地，里面没人。他按了负二层。

电梯在七楼停了下来，门外站着一个戴墨镜的时髦女郎。

“对不起。”李善斌拦住她，“满了。”

“有病。”她骂了一声。

接下来电梯直下负二层，李善斌跑进车库，找到那辆昨天包租的出租车，钻进后排。

“去中心公园。”李善斌对司机说。

然后他猫下腰，躲在车窗下面，直到车驶离地库，开出两个路口。他的手在座椅布套下面摸索着，取出一张昨天藏起的纸。

那张血渍斑驳的字据。

19.

深圳公安很够意思地派了车来接机，开车的是个小年轻，还没学出两口烟圈三声笑骂打成一片的江湖派头，尬聊几句就专心开车了。

老冯半耷拉着眼皮假寐，开到半道，听赵雷重重叹了口气，老冯没搭茬，停了会儿，赵雷开口说："他在这儿有两整天了，你说他干出啥事儿了没有？"

"不晓得，"老冯答，"一会儿就晓得了。"

到汇合点是凌晨三点五十五分，两台车等在那儿，都是便衣。带队和赵雷是本家，打过招呼，两边简单沟通了下情况。

化名李时的嫌疑人住七二一房，交了一周的房钱。前台和楼层服务员对他都没有深刻印象，监控显示他昨天一整天都没有出门。

老冯告诉赵队行动的危险性不高，嫌疑人应该不会有很强的攻击性。

赵队哈哈一笑，说行了行了，知道这是你们上海的行动，不会抢你的头阵。

老冯把这话在肚子里过了一遍，才反应过来，他压根就不相信一个分尸案凶手会没有攻击性。

加老冯赵雷一共八个便衣，六个进了酒店，上到七楼楼层的是四个，其他人都各自分配了点位。

七二一房门口，赵队把房卡交给了赵雷。赵雷又高又壮又年轻，适合头阵。

“你的，你先。”赵雷低声说。

老冯左手电筒右手枪，其他人也都准备完毕。他朝赵雷点了一下头，示意行动开始。赵雷伸手刷开门锁，老冯踹开房门冲了进去。

“别动，警察！”

四道手电光柱一阵乱舞。

窗帘被猛地掀起来，然后衣橱门被拉开。

停了几秒钟，房卡被插进取电槽里，房间亮起来。老冯瞅瞅赵队，问他：“昨天一天没出门？”

赵队脸涨得通红，打电话把看监控录像的骂了个狗血淋头。那位兄弟也有点冤，说时间来不及把所有监控看完，前面刚看了昨天一天的，没发现房间有人进出，现在又多看了一天，刚要和他汇报的，嫌疑人前天一大早离开房间，再没回来过。

“出事儿了。”赵雷压着声音对老冯说。

一周的房只住了一晚，显然是发生了变故。这个变故多半和孙洋有关系，现在就得拜托深圳警方，从孙洋着手了。

赵队安排两个在市局旁边的小宾馆里住下，他们再怎么着急，也得等天亮了才方便请人家干活。睡到六点钟，被电话吵醒，赵队通报了一个小进展。看七楼监控的那位出完娄子以后，通宵把大堂监控也看了，注意到了前天下午目标曾在大堂出现，当时似在逃避另三个人，此后十二楼电梯口和车库的监控都拍到了他的身影，相信他是从车库离开的酒店。

“看起来他是招惹到什么人，所以不敢再回酒店住了。”赵队说。

“多半就是孙洋的人。”老冯说。

两个人睡到七点四十，被第二通电话吵醒。

这次是赵雷的手机。

他听了一句，就一巴掌把老冯拍起来，打开了免提。

“说吧，什么事。”赵雷说。

“赵警官，您这是……到深圳啦？”电话那头是一个气息发虚的声音。

“我在哪儿和你，咳，我们的办案行程是对外保密的，你有事说事。”

“哦是这样的，昨天我和你漏说一个信息。”

“是王海波？”老冯凑近赵雷低声问。

赵雷点点头。

“你漏说了什么？”

“李善斌那天其实给了我一个联系电话。”

“啥？”赵雷一嗓子吼出来。

“就是……电话，他的手机号。”

“报给我听听。”

王海波报了一串数字。

这并非警方掌握的李善斌的手机号。

“昨天怎么不说？”

“忘了……”

“他为啥会给你这个电话？”

“他让我如果还想起来孙九刀的别的什么消息，就及时告诉他。”

“那这两天你联系过这个电话没有？”

电话那头沉默了一会儿，然后说：“昨天晚上打过，我就看看能不能打通，我没说啥。”

赵雷一肚子的火气，实在忍不住，劈里啪啦一顿骂。王海波就在那儿听着，也不辩解也不还口。老冯按住赵雷肩膀，示意他收一下脾气，对着电话说：

“你昨天晚上打过电话，怎么现在想起来报告？”

“那不是昨天太晚了嘛，也不是工作时间，怕打扰警官休息。”

这理由连老冯都觉得不像话。赵雷倒是没再发作，啐了一口，问：“行吧，还有别的要报告的吗？”

“没了。”

挂了电话，看着记下来的那串数字，两个人都有点痒痒，但显然他们得忍着不去拨打，以免打草惊蛇。老冯把新情况告诉了王兴，通过技侦去定位手机的位置。

“王海波这家伙有问题。他肯定藏了什么没告诉我们。”赵雷说。

“多个线索，好过没有。”

两个人洗漱完毕，出宾馆往市局去的路上，王兴打电话来，说定位失败了。

“手机关机了。我让技侦每半小时试一次。”

“十分钟，让他们十分钟试一次，得抢时间。”

“十分钟？这还是我从一小时争取下来的。”王兴答。

“半小时还是长了，这是关键时刻。”老冯说。

李善斌新手机的关机让老冯心中疑惑，难道他知道自己的这个号码暴露了？

或许昨天王海波告诉李善斌警方盯上他了，所以李善斌停用了手机？

他觉得有一道迷障没有勘破。在这样的节点得到了这样的线索，不应该是毫无帮助的。这不是什么神秘的直觉，而是逻辑判断，王海波隐藏和报告手机号都必然有原因，是故意为之，背后藏着明确的目的。

这个目的会是什么？

20.

李善斌已经在这座城市露宿两天。他曾经无数次设想过，在一座陌生的城市里露宿，每天睡在不同的地方，醒来看见不同的人，耳边永远有车轮声和脚步声……而今试过，没有想象中难。

睁开眼已近七点，天桥桥面开始嗡嗡震颤，对流浪者来说这很晚了。气温升得快，一会儿又是辣日头，他换了件干净T恤，背着包慢悠悠地走。约定的地点并不太远，他这么走走逛逛，半个多小时也尽够了。

想起昨天打的那个电话，他心中安宁，只是又忽然生出一个念想，得去买一瓶潘婷洗发水。超市大多没开门，他苍蝇似的四处撞到八点半，在一个菜场里的小卖店找到这个牌子。他找了个公共厕所，用潘婷洗了把手，凑到鼻子前面闻了一下。是这个味道，没买错。这件事情对他重要得很。

多了这道折腾，时间就晚了。不过无所谓，急的不是他。

数着门牌，在还差最多一两个路口的地方，有个墨镜男倚着电线杆抽烟，右胳膊上文着龙。这样的气质太过明显，不用等他急急忙忙摸出手机报信，李善斌就知道是专门候着他的。前方就是最后的了结，应该得有某种终极的宏大的东西降临吧，比如宿命感，他想。可实际上，他却意外地轻松。

他伸手进裤袋，按下了手机开机键。

约定地是个肉食品加工厂，保安室外站着三个人，领头的双手抱胸，红脸膛上一丝笑都没有，硬板板瞧着李善斌。

“早啊。”李善斌和他打招呼。

“孙先生等你很久了。东西带来了吗？”

“我人在这里，不带着东西我过来找死？”

“你还知道怕？”红脸膛露出一个险峻的笑容。

“钱和车都有了？”

“嗯，跟我来吧。”

说这几句话的工夫，两个小弟已经靠过来，一左一右把李善斌夹在中间，另两个人——包括路口见过的墨镜男则把李善斌的退路给挡住了。

李善斌笑笑：“那么紧张啊，我就一个人。”

“前天你够能跑的。”

工厂进口是个小广场，后面有幢四层厂楼。李善斌以为要把他往那儿带，没想到红脸膛绕过厂楼，将他领向深处。

前后左右的脚步声外，四下里没一个人，也许都在上班，也许厂子是荒的。红脸膛往一幢灰色平房走去，那房子有四五米高，大门紧闭。

李善斌的脚步慢了下来，后面马上有一只手在脊梁上推了一把，让他跟紧点儿。

“我们是去那儿？车也在那里？”李善斌指着灰色平房问。

“想要钱就别问那么多。”红脸膛说。

这是个肉食品加工厂，肯定会有个大冷库。李善斌猜测着那幢平房的用途。

土建冷库的墙都很厚，想必到了那里面，手机信号也会很差的。

从自己打开手机到现在……时间够长了吗？

李善斌突然停下来。

“你怎么回事儿，走啊！”后面的手推他。

“你他妈别总摸我！”李善斌猛回头吼了一声。

墨镜男一吓，下意识退了半步，恼羞成怒就要发作。

“刀哥不在这里。”李善斌用肯定的语气说。

“谁说刀哥不在，刀哥当然在。”红脸膛停步答道。

李善斌摇头：“不对，刀哥要是在，早就露面了。前天在他家里，他可没这么拿大，今天交货，反倒躲起来了？刀哥的胆子这些年回去了？”

“说什么呢！”红脸膛的巴掌呼上来，李善斌一歪脖子躲过去了，左右抢上来一边一个扳住他胳膊。

“想坏刀哥的事你就动我试试看。”李善斌高声喊，“真当我没点准备就过来？”

话没说完，左腿就挨了后面踹来的一脚，让他一个踉跄差点扑倒。

红脸膛止住其他人接下来的动作，冲李善斌笑笑："刀哥就在前面房子里，你进去就看见了，难道还要刀哥出来迎你？"

李善斌挣开胳膊，啐了一口说："前面是冷库，你说钱在冷库里我能信，刀哥自个儿在冷库里挨着冻等我？你骗鬼吧！"

看红脸膛的面色有些尴尬，李善斌便知道给自己说对了。

"我没想过能轻轻松松把钱拿走，今天来就没怕你们动硬的，不怕玩儿砸的话……"李善斌边说边转过身，一脚蹬在墨镜男左腿迎面骨上，他"嗷嗷"抱着腿倒在地上。

"不怕玩儿砸的话你就让孙九刀躲着别出来！呸，一腿换一腿，老子公平得很。"

红脸膛面色难看，一口气涌上来又吞下去，终究是没有发作。他让其他人看住李善斌，扔下还站不起来的墨镜男，走到一边打电话。

过了会儿，他回来对李善斌说："刀哥随时可以过来，钱和车也的确都准备了，但你的东西到底带没带着？"

李善斌从裤袋里摸出一张纸，在他面前一展即收。

"瞧见了？但东西要等刀哥到了才能交。"

红脸膛瞅瞅他收着字据的裤袋，对电话里说："他给我看了一眼，又收起来了，要不要我给他……"

他一边说，一边毫不掩饰地拿眼上上下下剐着李善斌。

然后他连连点头，收了电话。

“等着吧，刀哥很快就到。”他说。

不到十分钟，脸上带笑的孙洋就带了两个人出现在李善斌面前。

“不好意思啊，晚了一点。”他看了一眼瘸着的墨镜男，冲李善斌挑起大拇指，“兄弟你有胆色，换了我可不敢这么莽。”

“刀哥今天阵势不小啊，这才衬着身份。”

“咳，这些都是，担心我这把老骨头在英雄好汉面前撑不起来呗，几个小朋友来帮我撑一把咯。那么就请吧，钱在里头呢。”孙洋一伸手，李善斌再没有拖延的借口，跟着他往冷库走去。

红脸膛快走几步，先上前拉起冷库平移门的扳手，然后往旁边推。随着轨道发出低沉的鸣响，门一点点打开。

“兄弟这一票大啊。你晓不晓得香港贼王季炳雄，道上的传奇人物，就他也没有哪一票干到一千万这个数。兄弟，你觉得你比季炳雄强吗？”

门里黑洞洞一片，冷气涌出来，让孙洋软绵绵笑嘻嘻的语气变得阴恻恻。

“大概是我比他更不要命吧。”李善斌答。

孙洋仿佛听见了极好玩的事情，哈哈大笑着一步迈进门里。他在阴影里喊了两个名字，让他们守在外面。

红脸膛拍拍李善斌的肩头，李善斌回头瞧了眼外面的天光，便也跟了进去。

平移门慢慢关起来，地上那一道阳光越来越窄，直到门完全关死也没人开灯。李善斌在黑暗里站着，吸一口气，尽是腥风冷雾。

“兄弟的镇定功夫，我真是佩服。”孙洋的声音从某处传来。

然后“咔哒”声响，一排排日光灯渐次亮起，乍现的白光让李善斌眯起了眼睛。

孙洋从小弟手里接过件毛皮袍子往身上披，边穿边说：“你知道这两天最花我力气的是哪件事情？”

“你这么说，大概就不是凑钱了。”

李善斌打量着这间冷库，大几百平的敞开空间，左边是堆叠整齐的纸箱——显然不是装钱的那种，右边则吊挂着一头头暗红色的扒了皮掏了心的整牛。

“我得叫人把着出深圳的各个口子，怕你溜了啊。没想到你今天还真来了，用我们这行的话来说，这地儿可是你的死门啊。”

孙洋把袍子穿好，冲李善斌一乐，这笑容与前日里的笑，已经大不相同了。跟进来的小弟们把李善斌围着，他在外圈用手指点着李善斌。

“你就是太贪，前天占了点便宜还不跑，真要从我这里拿一千万，好敢想啊。”他连连摇头，对左右说：“你们瞧瞧，他可还是面不改色呢。以为是在拍电影呐，有种的人都能笑到最后，但你不要忘喽，哪怕在电影里，贪的人也死得最快！”

他说罢一挥手，左右扑上去把李善斌摁倒。李善斌并不挣扎，脸贴着地，脖子被一只手掐着，后心被一个膝盖顶着，背包扒了下来，全身上下被一通搜。

红脸膛第一个把李善斌裤袋里的字据掏出来献给孙洋，孙洋瞧了一眼，抬手赏了他一巴掌。

“你瞎的，看不出这是彩色复印的？”

手机被简单检查后卸下电板，背包被抖落了个底朝天，装的东西散在地上。

“刀哥这儿有个录音笔，还在录呢。”一个小弟叫起来。

孙洋上去一脚把录音笔踩碎，蹲在李善斌的脸旁，手里多了把匕首。他让人把李善斌的右手按在地上，拿刀锋在他指缝里挨个儿跳着插过去。

叮叮叮叮叮。

“昨个儿一天我也没查出啥结果，当年卖了女人的那个不像有这胆子，总算你在这儿了。说吧，哪个派你来的，还有几个人，到底想干什么。”

李善斌“啊”地痛叫出声。

孙洋惊讶地凑近去看那只鲜血淋漓的手。

“哎哟对不住，这力气使小了，手指头没断啊。这两年吃斋念佛，怪不得被人欺到头上了呢。”

“你猜是谁让我来的，鬼让我来的，厉鬼啊。怕不怕，哈哈哈哈……”李善斌歪着头斜着眼咬着牙冲孙洋笑。

“真有种!”

孙洋的脸沉了下来。

“你知不知道我为什么叫孙九刀？不是刀使得多好，而是我学过医最能疼人，我在你肚子里插进九把刀，还能保证你活着，你信不信？”

他拿匕首拍拍李善斌的脸，然后站起身来。

“先不急上大菜，你们几个招呼他一下。我特别不喜欢他这张脸。”

“让我先来。”墨镜男这时候早已经把墨镜取下，狞笑着半跪在李善斌前面，“我一直想知道，到底是头骨硬，还是手肘硬。”

他一肘猛击在李善斌的脸上，鲜血绽开。

连续的沉闷的击打声后，孙洋让众人散开，对着李善斌已经糊成一团的血脸，问:“趁现在，该说的就说了吧。”

李善斌此刻一只眼睛睁不开，一只眼睛闭不上，喉间呼哧呼哧似喘似笑。

“谢……呼……谢谢你啊……嘿……”

朦胧间，他看见了时灵仪。他扼死了那个一直守护着的人，把她亲手分解，那种残酷的巨大的情感体验冲垮了他的内心，重塑了他的性格，而后化作心中的冰原。他以为这冰至死都不会化，可他错了，某个壁垒于此时溃塌，一整座心的悲恸失了束缚，崩裂开来。多么痛苦啊，小时……而我现在受的这些，不够，不够，不够。

孙洋叹了口气，说：“找个空钩子把他挂起来。”

21.

孙洋打完好几通电话，发现车还没动，正要骂人，却意识到是自己坐在驾驶位上，红脸膛被他派走处理大事情了。

逢大事需有静气，他教训着自己，抬眼扫过前方，心里咯噔一声，扔了手机把住方向盘，脚下猛踩油门，发动机转速瞬间直飙上去。奔驰车尖叫着冲到厂门口，被一辆黑色普桑拦腰撞停。

驾驶座车门拉开，孙洋被拽了出来。

“孙洋，对吧。”老冯问他，“警察。”

孙洋愕然，他勉强绷住脸，大声嚷嚷：“你们这是干什么，警察就能撞我车啊。”

“别废话，自己没点数？人呢，李善斌在哪里？还要我们自己找是不是？”赵雷说。

孙洋没听过这个名字，但他当然猜得到这是谁。

“我不知道你在说什么。”他从牙缝儿里迸出这句话后，就把嘴紧紧闭上了。

十多个警察从几台车上下来，冲进厂区里。没过多久，就见一个混子拼命地跑出来，然后被警察赶上摁倒。

跟班的嘴没有孙洋这么硬，没过多久，老冯和赵雷就被带到了冷库门口。

门大开着，森森冷气直往外冒。

老冯走了进去。

冷库深处，冻牛一侧，那一挂挂敞胸剖腹的躯干们围着一根空着的暗褐色弯钩，下边仰天倒了一具光着上身的人体，周围是大摊冻结了的血。他手指不全，胸腹间有多个刀口，面部已经很难辨认清楚五官，眉眼口鼻的血块上结起了白霜。

老冯挑起的眉头一点点垂落下去，他注视着李善斌。

十天前这个人还在印刷公司上班，没有任何的街头技能和江湖经验，一腔血勇单枪匹马向一个地头蛇复仇，落得这样的结局，其实并不意外。然而，这或许正是其人所求，警方根据手机信号定位赶到时，孙洋的一切洗罪计划还停留在纸面，证据都在那儿摆着呢，单凭先前那几个小弟的只言片语，老冯就能确信，孙洋会被钉死，跑不了谋杀重罪。

如此说来，借了警方的手，李善斌的复仇终究是完成了。这是他对时灵仪作出的最后交待。

只是，从警多少年了，见过一个人以这么残酷的方式死去吗？

如此痛苦！

老冯咬着槽牙，人中拉得老长，上唇不受控制地轻轻颤抖，他凝望着李善斌。

从刚开始接触这个案子到现在，他在心里构建出这个人的形象，然后一次又一次地推翻再重建，他有太多想问，为此设想过许多次，当他抓到他，面面相对的时候，会是什么情形。那个男人会说什么，是否沉默以对，他的眼神、他的悲伤、他的笑容……那张隐在李怡诺背后彼此交叠的面孔。还有，关于时灵仪，他不甘吗，他遗憾吗……

老冯没想到，最终彼此是这样相会的。

如斯一生。

他像被施了定身法，挪不开步子，也移不开目光。心里潮起潮落间，那些名为情感的微小泡沫，不停地幻灭，又不停地生长。他不知道自己看了多久，直到赵队走过来叫他。醒觉的时候，他意识到赵雷就站在身旁，也和他一样，愣怔怔地出着神。

老冯翻出皮夹，数出一千块钱给赵队。

“尸检完，麻烦找个最好的师傅，帮他复原一下。”

赵队很诧异。

“多半是他女儿来认尸，别让她看到现在这副样子。”

22.

还剩最后一颗的时候，李怡诺转过身，把李立抱到凳子上。

“拿着它。”李怡诺把长钉交到李立的手上，扶住他的手，把长钉对正了位置。

李立今天还没有哭，但他现在有些明白过来了，靠在姐姐怀里，身体开始轻轻颤抖，然后一下子嘶声大哭。

“拿起榔头。小立，你帮姐姐这一下，好吗？”李怡诺搂着他，在他耳边轻轻说。

“好的，好的，”李立一个劲地点头，“姐姐，你是累了吗，我来吧，我行的！”

他奋力地摇摇晃晃地拿起榔头，李怡诺握上他的手，紧紧包住，帮他把榔头举高。

咚，咚，咚。

钉棺完成。

爸爸再见。她说出这句话，拼命张大眼睛，不让泪水落在棺盖上。她看到的不是棺盖，而是里面的那一团由层层叠叠玫瑰花瓣堆叠起来的红云。满堂的红玫瑰还远没有被摘尽，它们环绕着棺木，环绕着李怡诺。爸爸不能被寒冷孤寂的白色送走，必须是红色，是太阳的颜色，是火焰的颜色，是熊熊燃烧的颜色。

我会配得上的，爸爸。她握着弟弟的手想着。

老冯终于走了上去。

“节哀。”他说。

然后他掏出一叠白信封递给李怡诺。

“我们专案组所有同事托我转的。”

“谢谢。”李怡诺收下。

老冯想了想,还是决定把话说出来。

“本来,我想在信封里放一千零一块的,很多同事也想多放。但是,我们专案组组长说了,他就给一块钱,然后他一个一个地问组里的同事,要不要都放一块钱。所有人都同意了。所以,这里面是十七块钱。这算是我们专案组解散前开的最后一个小会。”

他深深看了李怡诺一眼。

“这里面的意思,我只能说到这里,你明白吗?”

李怡诺拉着李立,给老冯深深鞠了一个躬。

23.

冯小瑶紧紧抱着大熊，熊头上哭湿了一片。

“不公平，爸爸，这不公平。他真的就这样死了吗？”

她充满期待地来听爸爸如何立下他人生中第一个二等功，做足了心理准备来面对一宗血腥残酷的犯罪，然而李善斌从防线的另一侧走了过来，轻易就把她击溃了。

“是啊，他就这样死了。可是如果他不死，判下来不是死缓就是无期，跑不了的。他毕竟杀了一个人。”老冯说。

“对他来说，用死换来仇人伏法，也算是没有遗憾了吧。你前面说，他是故意泄露手机号好让你们找过去的，所以死在孙九刀的手上，是他之前就想好的咯，光凭那个字据，不够孙九刀定罪？”崔影说。

“那个字据最后也没有找到，他身上带的是一个复印件。”

老冯露出了一个奇怪的表情，然后摇了摇头。

“我想，他是没有遗憾了。”

崔影太了解老冯了，见他这副模样，便问：“这里面还有内情？”

“我后来又细问了王海波，那天晚上他和李善斌通电话，李善斌让他把手机号告诉我们，更像是临时起意。”

“他不是要借你们来报仇吗？还是说他原来有其他的报仇

办法？”

“报仇呵。”老冯眯起了眼睛，再次慢慢地摇了摇头。

“很多次，我琢磨李善斌这个人。所有和他接触过的人，都说这是一个好人。做一个好人，说起来简单，其实不容易，你得有善念。你说他爱时灵仪吗，当年肯定是爱的，但是那么多年过去了，再重逢的时候，把她领回家去，还是因为爱吗？特别是，他把李立当成自己的孩子在养啊，这是善。他最后没有把时灵仪赶回街上，做出了那样的事情，是因为不忍心吧，这也是善。有强烈的爱，才会有强烈的恨，但是善呢，善叫他解脱一个人，善还会叫他去复仇吗？我想来想去，觉得心里这个扣子，扣不上。”

“可不为了报仇，他是为了什么？”

“是啊，他为了什么？当时有同事提出疑问，说以李善斌这样的性格，警察既然找到了他，他不该逃跑的。那时候我们都以为，他是为了报仇。我问自己，如果我是李善斌呢？我把自己完完全全地想成他，我杀了人，我跑不掉的，这种情况下，我心里想的是什么呢，放不下的是什么呢，有什么事情是我非做不可，在做完之前绝对绝对不能被警察抓到的呢？然后我就明白了。”

老冯说着的时候，眼眶微微湿润起来。

“我的两个孩子，他们太小了，家里除了债什么都没有，以后他们怎么办啊。我一个父亲，就这么扔下他们走了吗？我一定一定，要为他们做些什么的！”

崔影张大了嘴，她似乎知道老冯在说什么，又没完全想清楚，然而她心底里最柔软的一处，被猛地锤了一下。

“孙洋交待说，李善斌从他家里拿走了现金三十多万，外加两公斤的金条。比起一千万，这只是个很小的数字，孙洋当时让李善斌拿了，是想着隔天连本带利收回来。孙洋这种人，如果自己豁出去要干这么一票，区区几十万当然满足不了，以己度人，他觉得李善斌的胃口也一定很大，要一千万不奇怪。可他不知道，对李善斌来说，这几十万已经足够多了。这个钱和金条包括字据，李善斌没有带在身上，也不在酒店房间里，我们到最后都没有找到。”

“你的意思是……”

“我也不知道。”

老冯这样说着，却想起了追悼会上满堂的玫瑰花。

他第一次在这种场合见到如此多的玫瑰，一千朵，两千朵，还是三千朵？他清楚地感受到了其间蕴藏的炽烈情感，那是在凋零前一瞬间的灿烂盛放，那是燃尽一切的光芒万丈，那是孩子对于父亲的，也是父亲对于孩子的。要是便宜的绢花，那种人造之物不论染上怎样的红色，都无法寄托这般心意吧。所以，如果能够拿得出这样一笔给真花的钱，也的确是值得的花销呀。

分别的时候，夜色已降临。

冯小瑶抱着大熊对老冯说：“爸爸，我喜欢它呢，它好软。”

老冯止不住地笑。

“而且，”她摸摸还没完全干的熊脑袋，“它现在有我的味道了呢。”

大概是这辈子的头一次，老冯脑中忽有灵光闪过。

他想起了葬礼的时候，仪式进行到最后，主持者对家属说，如果有什么物品要一起烧掉，现在可以放进棺木了。李怡诺便取出一把剪刀，当场把长发剪下一截，双手捧着，轻轻置于爸爸的耳畔。

更早些，在深圳，他向李怡诺移交李善斌的遗物。其中有件很奇怪的东西——一瓶几乎没用过的洗发香波。那个时候，李怡诺还没明白。她说，只有自己才会奢侈地用潘婷洗头，包括爸爸在内的全家其他人，从来用的都是更便宜的蜂花牌。

李怡诺是什么时候明白的呢，那一刻，她在手上挤出洗发液，伸到鼻前深深地吸一口气……她嗅到的，反而是爸爸的气息吧。

目送中，母女渐渐走远。冯小瑶抱着熊走在妈妈身边，大熊的两只爪子搭在她肩上，脑袋更高出一大截来。黑黢黢的光影间，倒像是肩膀上坐了一个孩子。

感谢我的太太赵若虹在本书写作中提供的帮助。

小记

正如开篇所说，这个案子有一个真实的原型。

告诉我这个案子的朋友万安兄已经在警界二十年。有什么对你来说非常特殊的案子吗，那天我问他。他想了一会儿，开始说这个故事。

这是他所知仅有的一宗不是因为恶而杀人的案件。

如果李善斌可以狠下心，把前妻重新推回大街上做拾荒者，那么他就不会成为凶手了。一个人无法为自己所作所为负责，却令得身畔人来执刀。到底是什么让他做出了最终选择，深切的爱又或是纯粹的善？万安兄不晓得，我也不晓得。总之应该是一种正面的东西吧，然后，结出悲凉的果。

在写作时，我不得不去揣摩李善斌分尸时的心情。为了不暴露，为了保留亲自抚养孩子的一线希望，他不得不如此处理尸体。那该多么痛苦呀。我尽我所能地想象了，写那段时我屡次停下来深呼吸，血液涌上脑袋，往双眼和鼻腔里挤，我闭上眼睛又睁开眼睛，咧着嘴呈现出不知所谓的奇怪表情……可是，我有体会到真实情况的十分之一吗？

此外，真实案件中，反倒有一些过于巧合的事情，我在小说中改掉了，因为会让人觉得“不真实”。世界上的事情往往就是如此。

感谢万安兄，提供了如此珍贵的素材。

图书在版编目（CIP）数据

骑士的献祭/那多著. -- 上海：上海文艺出版社,2020

ISBN 978-7-5321-7541-3

Ⅰ.①骑… Ⅱ.①那… Ⅲ.①侦探小说－中国－当代

Ⅳ.①I247.5

中国版本图书馆CIP数据核字(2020)第043080号

发 行 人：陈　徵

策 划 人：李伟长

责任编辑：李　霞 王丹姝

装帧设计：安东尼奥尼 ANTONIONI

书　　名：骑士的献祭

作　　者：那　多

出　　版：上海世纪出版集团　上海文艺出版社

地　　址：上海绍兴路7号　200020

发　　行：上海文艺出版社发行中心

上海市绍兴路50号　200020　www.ewen.co

印　　刷：上海盛通时代印刷有限公司

开　　本：889×1194 1/32

印　　张：6.75

插　　页：2

字　　数：122,000

印　　次：2020年5月第1版 2020年5月第1次印刷

I S B N：978-7-5321-7541-3/I.6002

定　　价：39.00元

告 读 者：如发现本书有质量问题请与印刷厂质量科联系　T: 021-37910000